海豚说着我
听不懂的语言

新诗文本释读

颜炼军 / 著

华东师范大学出版社

·上海·

华东师范大学出版社六点分社　策划

目　录

第一辑

第二辑

第三辑

绪论：搭个楼梯，接诗下凡

一　诗的发生

在课堂讲诗，常有如此幻觉：以诗为圆心激起的理解共同体，像个语言磁场，在场者因此构成特别阵势。诗的磁力往往即兴唤醒诸多经验与知识，比如有一次课间，见有年轻朋友读印度大诗人泰戈尔的诗，我忽然回想起几日前，我曾向一个印度学领域的朋友请教什么是"瑜伽"。得到的是如此回答："瑜伽"就是在看似不相干的事物之间，建立起关联与谐和。我全然不懂瑜伽，但朋友这个解释却让我想起英语中"universe"（宇宙）一词。分开看，"verse"意思是"诗"，"uni"指"联合"。似乎"宇宙"是诗的大联欢，像《国际歌》里的"英特纳雄耐尔就一定要实现"。与该词同根的"university"（大学），也可望文生义：古今天地之学，诗的大联合。

中国古人有天、地、人"三才"说，人是天地之心。汉语里关于"诗"的最早解释,也关乎心:"在心为志,发言为诗。"(《诗·大序》)"志"由"士"与"心"构成,盖上古巫史都属于"士","士"心所念想变成语言,就是"诗"。据闻一多的考论,甲骨文里的"诗"与"志"是同一个字。[①]

这涉及诗的发生本源:"诗"从哪里来? 在所有文学体裁中,诗大概最早出现,因此关于诗的本源和发生,讨论最多。按"在心为志,发言为诗"的字面义,"诗"应是内心情感的表露——如近代英国诗人华兹华斯说的,"诗是强烈情感的自然流露"[②]。但深究起来,"士"最早若也指巫师,巫师能通神,"士"的"心"所想而成诗者,很可能是神谕的表达。神谕乃天地之意。是什么通过心灵而变幻成"诗"?"诗"究竟是人生理构造的结果,还是某种外在于人的超验力量所催生? 柏拉图的《伊安篇》里,苏格拉底与诵诗人伊安争论过类似问题。伊安认为,诗的能力来自他自己;而苏格拉底的反驳是:诗是神的附身——灵感激发所致。意大利现代诗人蒙塔莱有首名为《诗》的诗,很幽默地重写了这一古老争论的现代形态:

　　　从世纪的清晨,

　　　　人们就在讨论,

----

① 闻一多:《歌与诗》,见姜涛编《闻一多作品新编》,人民文学出版社 2009年,第 322—323 页。

② [英]威廉·华兹华斯:《〈抒情歌谣集〉序言》,曹葆华译,见《十九世纪英国诗人论诗》,人民文学出版社 1984 年,第 22 页。

诗是来自外部，

还是发自内心。

一开始内心派获胜，

后来，外部派发起猛烈反攻，

多年之后又宣布休战，

争论无法进行，

因为外部派已经武装到牙齿。①

经过几百年科学思维的磨洗，现代人一般不再纠结诗歌起源的人神或内外之别，而更注重它在生理和语言层面的发生机制。比如美国诗人 T. S. 艾略特如此描绘诗歌创作过程：

当一个诗人的头脑处于最佳的创作状态，他的头脑就在不断地组合完全不同的感受。普通人的感受是杂乱无章的、不规则的、支离破碎的。普通人发生了爱情，阅读斯宾诺莎，这两种感受是相互无关联的，也和打字机的闹音或烹调的香味毫无关系；但在诗人的头脑中这些感受却总在那里被组合成为新的整体。②

---

① ［意］蒙塔莱：《生活之恶》，吕同六、刘儒庭译，华东师范大学出版社2017年版，第274页。

② ［英］托·斯·艾略特：《艾略特文学论文集》，李赋宁译注，百花洲文艺出版社1994年版，第22页。

组合不同甚至相对相反的感受,是诗的重要构成逻辑,众多诗人理论家都曾表达过类似意思。按此思路,可在不同诗里找到共通性。比如《诗经》开篇"关关雎鸠,在河之洲"与"窈窕淑女,君子好逑"之间,正是不同感受的组合。情侣成对与雎鸠成双,既有人禽道殊,也有人物一理。异同兼具,遂可组合为诗。再比如南宋杜耒《寒夜》一诗,末句为"寻常一样窗前月,才有梅花便不同"。"窗前月"的寻常,梅花出现的"不同",都是主观感受。花前月下之美感,是基于人在不同事物间建立关联的能力。这种艾略特说的"组合"能力,诗人如何具备?天然养成还是苦吟获取?英国现代诗人 R. S. 托马斯有首诗,将这个疑问作为主题:

夜饮谈诗

"听着,诗应出之天然,
像花茎,以粪为肥,
在迟钝的土壤里慢慢生长,
终于成为不朽的美丽白花。"

"天然?别见鬼!乔叟怎么说的,
做诗需要长年的辛苦,
不辛苦诗就没有血液。
听任天然,诗只会乱爬,
像枯草一样无力,又怎能穿透

生活的铁壳！伙计，你得流汗，
得苦吟到断肠，如果你想
搭个楼梯接诗下凡。"

"你说这话
像是从来没有阳光突然照亮心灵，
使它不再在黑路上摸索。"

"阳光得有窗子
才能进入里屋，
而窗子不是天生的。"

就这样，两个老诗人
拱肩喝着啤酒，在一个烟雾腾腾的
酒店里，四周声音嘈杂，
谈话人用的全是散文。①

在烟雾与吵嚷中，两位各执一端的老诗人，就诗歌如何生成的问题未能统一意见；末句"谈话人用的全是散文"，微含反讽：诗唯靠诗自身才能说出自身，散文怎能说出诗呢？机锋对敌，有点像中国古人"欲辨已忘言"之说。

---

① 王佐良：《英国诗史》，译林出版社 2008 年版，第 542—543 页。

二　新诗的位置

汉语新诗已历经百年,其合法性至今仍争议不断。不可否认的是,一百年来,已经产生许多脍炙人口的诗作。新诗算老几?为方便解释,需从一些基本问题说起。

今天讲"诗",容易视之为普遍性、本质性的概念。然而汉语里的"诗"界定,一直在变化。浏览文学教科书便获得这样的知识,《吕氏春秋·音初篇》中记录了最早的诗篇之一:"禹行功,见涂山之女。禹未之遇而巡省南土。涂山氏之女乃令其妾候禹于涂山之阳。女乃作歌。歌曰:'候人兮猗!'"这句歌词被今人认为是最早的诗作之一,这是按现代诗歌观念作出的判断。先秦典籍里凡涉及诗,都指的是《诗三百》(汉代始称《诗经》)里的作品。迟至汉魏时代,"诗"许多情况下依然指《诗经》。诗人屈原的作品,在刘勰《文心雕龙》里尚不被归入"诗",而是以"诗"和"骚"并列。由于"诗"的内涵和外延的扩展,今日说的"诗",囊括了《诗经》《楚辞》以来的各种"诗"的文体形式。

诗的形式观念也是动态的。《诗经》《楚辞》已有明晰的形式特征,但古典诗歌系统化的音韵规则,成型比较迟。按陈寅恪考证,南齐永明年间"四声"的发明,不但是南北语言汇合的结果,也是文学写作学习当时流行的佛经唱诵声韵的产物:"四声何以发明于南方而不是发明于北方?须知南朝能文之士,每人至少可以说两种语言,一为洛阳语,一为吴语,对声音的高下重浊能

6

够辨别。""四声何以发明于南齐永明之世？按四声的发明是善声沙门与审音文士合作的结果。"①换言之，"四声"是文化开放、交流和融合的产物，而非封闭地产生于汉语内部。南北朝到唐宋时代，无数诗人的贡献，丰富了诗的形式。另外，还需要强调的是，中华民族共同体内的许多少数民族，也有体式不同的诗歌传统。比如维吾尔族的《福乐智慧》、藏族的《格萨尔王》、蒙古族的《江格尔》、柯尔克孜族的《玛纳斯》、彝族的《阿斯玛》，它们之间因为地域、语言和宗教背景的差异，也有丰富多元的形式特征。在多元一体的中华文化交流融合过程中，这些诗歌传统也扩大了汉语中"诗"的认知边界。

"诗"在西方文学里也一直在变。古希腊学者亚里士多德的经典著作《诗学》里，关于诗的理解就与现在不同。在古希腊人看来，一切当时的文学类型都属于诗。比如史诗、悲剧诗、抒情诗等。史诗后来逐渐成为小说的源头之一，悲剧诗则演化成戏剧，抒情诗更接近于今人所习见的诗。因为文学形式观念的中西差异，中国人翻译西方不同时代的诗集，在诗歌形式的接受上也有渐进性。比如14世纪英国诗人乔叟的《坎特伯雷故事》是长篇叙事诗，有独特的韵律规则，但汉语里没有这种诗体，所以许多翻译家只好把它译为散文，读来像明代白话小说"三言二拍"。意大利诗人但丁的《神曲》是一部长诗，但几种汉语译本也

---

① 万绳楠整理：《陈寅恪魏晋南北朝史讲演录》，贵州人民出版社 2007 年版，第 308 页。

都将它翻译成散文。莎士比亚的剧作也是诗体,但汉语译本中也多翻译成散文。也有翻译家曾尝试依照原文文体翻译,比如香港的黄国彬教授翻译的但丁《神曲》,卞之琳翻译的莎士比亚悲剧,都是以诗译诗的杰出尝试。诗的押韵形态,押韵与否,背后常有深刻原因。但丁是天主教徒,《神曲》中的三句韵式,对应的是"三位一体"观念;弥尔顿长诗《失乐园》的不押韵,则与全诗饱含的近代自由精神呼应。

以上短斤少两的简述,目的是想说明,作为现代读者,生活在全球化不断加速的时代,我们有幸面对不同文明传统的诗歌形式。无论绝句、律诗、鲁拜体、俳句、九行诗、十四行诗、英雄双韵体、十九行诗……还是汉语还未曾学习的其他国家或民族的诗,都可以为汉语诗歌带来不同的启发和潜能。随着外国诗歌被大量翻译成汉语,史诗、叙事诗、抒情诗、哀歌、赞美诗等等诗歌形式,也在汉语世界找到居所;反之,汉语诗歌在被翻译成各种外文的过程中,也常常获得新的色泽和意味。简言之,不同诗歌传统的碰撞融合,正在催生多种多样的诗歌新发明。

汉语新诗是近现代以来中外文明相遇的产物之一。一百多年来,中国人的世界认知不断扩大,新诗实验也因此如火如荼。新诗与任何事业一样有成有败:有些作品或许是未来伟大传统的开端,许多失败也能给人启发和思考。今天我们关于"诗"的理解,尤其是对新诗的理解,不但要考虑汉语诗歌的古今赓续与差异,也需要考虑全世界不同文明传统中的"诗"在现代以来的交互交融。

三　新旧诗的分别心

迄今为止，汉语新诗最大的世俗"压力"，就是动不动就被拿去跟古诗比较。读古诗有许多定则，有前人的大量训诂和注释，我们对它更有一种文化依赖感。

当然，古诗其实也未必那么好读，即便是耳熟能详的作品，今天的读者依然有许多习焉不察的理解分歧和误读。比如李商隐的名诗《登乐游原》："向晚意不适，驱车登古原。夕阳无限好，只是近黄昏。"关于"夕阳无限好，只是近黄昏"，常常被解为大唐帝国衰落的预言。但真是这样吗？浙江大学古汉语学者王云路教授曾慧眼指出，在当时语言习惯里，"只是"一词并非语义转折，而多近乎"恰是"之意。诗人只是在感慨：恰恰是近黄昏的那一片刻，夕阳最美。[①] 再比如李清照的词《声声慢·寻寻觅觅》首句："寻寻觅觅，冷冷清清，凄凄惨惨戚戚。"如此叠词成句，古代诗词里很少见，这样写到底好在哪？现代学者傅庚生的精彩解读，恐怕是非一般读者能体察的：

> 此十四字之妙，妙在叠字，一也；妙在有层次，二也；妙在曲尽思妇之情，三也。良人既已行矣，而心似有未信其即

①　王云路：《中古诗歌语言研究》，世界图书出版公司2014年版，第109—112页。

去者,用以"寻寻"。寻寻之未见也,而心似仍有未信其便去者,又用"觅觅";觅者,寻而又细察之也。觅觅之终未有得,是良人真个去矣,闺阃之内,渐以"冷冷";冷冷,外也,非内也。继而"清清",清清,内也,非复外矣。又继之以"凄凄",冷清渐蹙而凝于心。又继之以"惨惨",凝于心而心不堪任。故终之以"戚戚"也,则肠痛心碎,伏枕而泣矣。似此步步写来,自疑而信,由浅入深,何等层次,几多细腻! 不然,将求叠字之巧,必贻堆砌之讥,一涉堆砌,则叠字不足云巧矣。故觅觅不可改在寻寻之上,冷冷不可移植清清之下,而戚戚又必居最末也。且也,此等心情,惟女儿能有之,此等笔墨,惟女儿能出之。[1]

王维的名诗《辛夷坞》:"木末芙蓉花,山中发红萼。涧户寂无人,纷纷开且落。"诗里有典故,也有对感觉的精准描摹。芙蓉即莲花,辛夷花与莲花长得像,所以将它比作长在树枝头的芙蓉。暗含的典故是《九歌·湘君》:"采薜荔兮水中,搴芙蓉兮木末。""纷纷开且落"写得非常准确:辛夷花即玉兰花,它花瓣儿大,边开边落,满树花开,遍地落英。不识玉兰花,未必就能体会这一句的精彩。古诗有许多习焉不察的"难懂"之处,但多半儿是训诂学意义上的困难:今人与古人生活经验和知识构成有

---

[1] 傅庚生:《中国文学欣赏举隅》,生活·读书·新知三联书店 2018 年版,第 3 页。

隔阂,在言语音声方面也有巨大差异。现代诗的"难",却是另一种意义的难。

关于新旧诗的差异,现代诗人艾青讲得有意思:

> 我们的时代不是骑着毛驴写诗的时代。一个世纪以前,世界上还没有电影。五十年前,我从上海坐轮船到马赛航行一个月;而现在从北京坐飞机到法拉克福只要十七个小时。
>
> 唐朝杨贵妃要吃新鲜荔枝,得累死多少马;而现在从广州到北京,荔枝叶子上还有露水哩。
>
> 世界开放了,距离却缩短了。生活受到四面八方的冲击——要回复到"悠然见南山"的闲适心情是不容易了。请那位主张"男女授受不亲"、"非礼勿视"的曲阜老头子到青岛海滨的游泳场去见见世面吧。①

作为现代诗人,艾青敏锐地注意到,古今生活经验和世界观念的巨大区别,是现代诗的独特所在。伟大的古典诗传统,是我们教养的一部分,是取之不尽的文化资源,但复杂的现代经验与物象,却需要现代诗歌来探究和呈现。比起艾青的时代,当代社会更加复杂多元和瞬息万变,从中生发出的现代诗,自然也有与生俱来的"晦涩"。理解各种"晦涩"的现代诗,就是理解现代生活。

---

① 艾青:《艾青谈诗》,花城出版社 1982 年版,第 44 页。

美国诗人庞德曾如此批评不劳而获的阅读惰性："公众思维中的混乱有一个十分简单的原因：凭空获取某物或不经劳顿而学会艺术的欲望。"[1]这可能也是许多读者对新诗的态度。破解这个难题，需要优秀的批评家和文学教育工作者的持续努力。

四　诗的语言形式

语言中潜藏着两极：一极是诗的，一极是散文的。好的散文朝向诗，蹩脚的诗则徒有其名。许多中外学者都论述过诗与散文的区别。清代学者刘熙载在《艺概》中所言十分有趣："文所不能言之意，诗或能言之。大抵文善言醒，诗善醉，醉中语亦有醒时道不到者。"

醉语之喻，与西方诗学中的酒神精神可作参照。许多伟大诗篇里，都贯穿着癫狂炽热的力量。酒神及其信徒可以动摇和撕碎一切，让万物遵从"醉"的力量。当然，这种力量甚至也能"撕碎"诗人，西方诗人的鼻祖俄耳甫斯，就是被酒神的女信徒们撕碎。这是对诗人命运的一种古老隐喻。

因为诗歌与生俱来的"醉"，读者在好的诗里都能获得莫名的、区别于散文的"诗"感。瑞典诗人特朗斯特罗姆的精美诗作《活泼的快板》虽经过翻译，但在语言表现和意义生成上，依然饱含鲜明的"诗"感，下面是最后两节：

---

① [美]埃兹拉·庞德：《阅读 ABC》，译林出版社 2014 年版，第 260 页。

音乐是山坡上一间玻璃房，

那里石头在飞，石头在滚。

石头滚动着穿过房屋，

但所有的玻璃都安然无恙。①

以色列现代诗人阿米亥的诗《给我自己的歌》开头两行如下："我
的灵魂像钻石切割匠的双肺一样受损。/我一生的日子美丽而
坚硬。"②灵魂、钻石切割匠、双肺通过比喻奇妙地组合在一起，
实在是动人心弦之诗。

　　一些台湾当代诗人十分热衷语言形式实验，让作品有显
眼的"诗"感。比如陈黎《而蜜蜂也对你歌唱》，其中"耳
Beeeeeeeeeeeeeeeeeeeeeeeeeeeeeeeeeeeeeeeeeeeeeeeeeeeeeeeeeeeeee"一
行在全诗里重复了十六次。诗人利用英文 bee 的形象感，创造
出新的语言形态。似乎是一大群蜜蜂的声音涌到诗歌的"耳
畔"，让读者相信，诗可以把无边的嘈杂放进音乐形式，让噪音变
成演奏。这几乎也是关于诗歌的比喻：诗人把所感所见所听转
化为诗，转化为一种语言秩序或制作；同时也尽可能地释放语言
的声音、意义、色彩、味觉等层面的潜力。再比如台湾诗人商禽

---

　　① ［瑞典］特朗斯特罗姆：《特朗斯特罗姆诗全集》，李笠译，四川文艺出版
社 2012 年版，第 95 页。

　　② ［以色列］阿米亥：《耶胡达·阿米亥诗选》（上），傅浩译，河北教育出版
社 2002 年版，第 103 页。

《逃亡的天空》，就是一首以隐喻牵连起来的现代回文诗。总之，诗人的写作，就是解放语言的想象力，激发内在于语言的魔法。在一首好诗里，每个字、每个词、每句话都会瞻前顾后、律动交响，以非凡的方式引发读者的好奇回味和心驰神往。

作为文体，诗的形式虽然多种多样，但有大致可辨的物理特征；诗是内在于语言的一种理想构形，诗是对语言自在境界的无限接近。博尔赫斯在《诗艺》一诗里也说得微妙："要把岁月的侮辱改造成/一曲音乐，一声细语和一个象征。//要在死亡中看到梦境，在日落中/看到痛苦的黄金，这就是诗。"[1]波兰诗人辛波丝卡也有类似说法："那么是否真有这么一个/由我统治、唯我独尊的世界？/真有让我以符号捆住的时间？/真有永远听命于我的存在？"[2]他们以诗说诗，说得太妙。巴勒斯坦诗人达尔维什干脆说："诗……是什么？它是这样的话语——当我们听到或读到它的时候，会说，这就是诗！而不再需要任何证据。"[3]这不是一个直接定义，但是它给了我们同义反复的勇气：诗就是诗而不是别的。

通常情况下，诗注重语言的本体功能，散文的语言，更大程度上作为意义的传递工具。换言之，诗往往将字词句各层面的

<hr>

① ［阿根廷］博尔赫斯：《博尔赫斯文集·诗歌随笔卷》，王永年等译，海南国际新闻出版中心1996年版，第104页。

② ［波兰］辛波丝卡：《写作的喜悦》，《万物沉默如谜》，陈黎、张芬龄译，湖南文艺出版社2012年版，第42页。

③ ［巴勒斯坦］马哈茂德·达尔维什：《来自巴勒斯坦的情人》，薛庆国、唐珺译，湖南文艺出版社2016年版，第240页。

组合、焊接、碰撞等形成的音响、色彩和意义效果,作为核心追求,所以诗要突破语言的常规。博尔赫斯说,"读来仿佛是诉诸理性的篇章就是散文;读来仿佛是诉诸想象的,就会是诗歌"。①"想象"一词英文为 imagine,它来自古希腊。按字面意思,imagine 指在心中为某事物构设一个主观图像,换言之,为抽象事物寻觅可见的形象组合;而构设或组合的力量,源自神灵。这个词汉语翻译为"想象",或许减损了这层意思。"想"是"心"上有"相","想象"就是心里有了"相"和"象",代指心里出现触觉、听觉、视觉的形象浮现和组合。

为了实现新的组合和表现,难免造新词新境,甚至脱离约定俗成的语言习惯,而造成阅读的晦涩感。俄国诗人布罗茨基说,散文与诗可以相互学习。散文向诗学习"借助词语在一定的上下文中产生的特定的含义和力量;集中思路;省略去不言自明的赘语;警觉高涨的情绪中潜伏的危险"。而诗可以向散文学习"对细节的重视;对土语和官腔的采用;结构技巧"。当然,他很骄傲地说,这三者其实完全可以从诗歌自身的传统中撷取。②的确,小说家、散文家、戏剧家都希望自己的作品达到某种"诗"的境界。而诗人对自己的诗行,却从没有相反的愿想。

汉语新诗打破古典诗严格的韵律规则,看似只剩下分行这一形式标志。正如上面说过的"组合"原理,好的新诗,显然并非

---

① [阿根廷]博尔赫斯:《博尔赫斯文集·诗歌随笔卷》,同上,第 1 页。

② [美]约瑟夫·布罗茨基:《从彼得堡到斯德哥尔摩》,王希苏、常晖译,漓江出版社 1991 年版,第 478 页。

简单的散文分行;换言之,要在白话文中发明语言之醉态和歌唱,难度或许更大;新诗可自由实验甚至发明各种形式,但许多情况下无成法可依。一百年来,新诗一直努力汲取古今中外各种诗的形式资源。客观地细看,其中已出现许多方向和多种可能,尤其近几十年来,可谓生机盎然。我们对之认识不足,或许"只缘身在此山中"。

对诗的语言和散文的语言,其实我们能够直觉地区分出来。比如看下面这段分行文字:

> 这几天
>
> 心里颇不宁静
>
> 今晚在院子里
>
> 坐着乘凉
>
> 忽然想起
>
> 日日走过的荷塘
>
> 在这满月的光里
>
> 总该另有
>
> 一番样子吧

读者或许发现了,这是朱自清散文名篇《荷塘月色》的选段。即使经过适当分行处理,读者依然能够感觉到其中的散文气息。对比下面这段文字:

正午像一头披发的狮子,静静地卧在群山的背上。村庄,像一艘潜艇,沉入了午睡的深渊。孩子们趴在井沿上,听一滴穿越时空的水摔碎在幽暗的井底:滴——滴——滴。

这段不分行的文字,其中大跨度的比喻,句义的腾跃与布局方式,显著的声音感,让人感觉,这不是一般的散文,很可能是散文诗。其实,这是当代诗人西渡的一首小诗,上面的只是取消分行而已。诗名《村庄》①,原诗如下:

正午像一头披发的狮子,
静静地卧在群山的背上。

村庄,像一艘潜艇,
沉入了午睡的深渊。
孩子们趴在井沿上,
听
一滴穿越时空的水
摔碎在幽暗的井底:滴
滴

滴

① 西渡:《鸟语林》,海南出版社 2010 年版,第 71 页。

到了诗末,读者似乎能听见水滴的声音,目睹水滴落到井底的过程。三个"滴"之间的跨行与分节,精妙地参与了意义的生成。诗人骆一禾在分析海子的长诗《太阳·土地篇》时,曾专门论及形式与意义之间的关系:

> 《土地》中不同行数的诗体切合于不同的内涵冲腾,或这种文体就是内涵的自身生长。例如独行句的判断语气之用于真理的陈述,双行句的平行张弛之用于戛然而止的悲痛,三行句和六行句的民谣风格之用于抒情,十行句的纷繁之用于体现内心轰动的爆炸力上,以及四行句和八行句的推进感之用于雄辩、言志和宣喻。①

不管海子的诗是否真正达到骆一禾所描述的效果,但由此可见,优秀诗人对语言的设计,总是基于诗的内在需求。

语言符号表现事物时,涉及选择淘汰和排列组合。现代诗人闻一多曾说:"选择是创造艺术底程序中最要紧的一层手续,自然的不都是美的,美不是现成的。"②日常和自然的经验,需要选择过滤和重组后,才可能成为诗。荷马史诗《伊利亚特》第二卷关于希腊联军阵仗的描述,非常形象地表达了诗人的"选择"

---

① 陈东东编:《骆一禾诗文选》,广西师范大学出版社 2020 年版,第485 页。

② 闻一多:《〈女神〉之地方色彩》(1923),《闻一多全集》第 2 卷,湖北人民出版社 1994 年版,第 122—123 页。

过程：

> 告诉我，家住俄林波斯山的缪斯，
>
> 女神，你们无处不在，无事不晓；而我们，
>
> 只能满足于道听途说，对往事一无知了。告诉我，
>
> 谁是达奈人的王者，统治着他们的军旅？
>
> 我无法谈说大群中的普通一兵，也道不出他们的名字，
>
> 即便长着十条舌头，十张嘴巴，即使有一管
>
> 不知疲倦的喉咙，一颗青铜铸就的心。
>
> 不，我做不到这一点，除非奥林帕斯山上的缪斯，带埃吉斯的
>
> 宙斯的女儿，把所有来到特洛伊城下的士卒都一一下告于我。
>
> 所以，下面提及的，只是统率船队的首领和海船的数目。①

面对广阔繁杂的现场，诗人如何选择和组合词语、意象、情节等等元素？这是写作永远面对的问题，所以荷马乞灵于缪斯。诗歌呈现的言语秩序，就是一套知觉系统，不同的诗对读者发出不同的阅读呼唤。将什么句子、音韵构成一首诗，某种意义上就是

---

① ［古希腊］荷马：《伊利亚特》，陈中梅译，上海译文出版社 2016 年版，第45 页。

对这个世界的重新组合。诗歌的语调、语码和语象形态，背后的价值观，可能是对现有价值观念的颂扬、质疑、抵抗或反思。比如英语诗人艾略特的长诗《四个四重奏》，"四重奏"是音乐名词，全诗包含了轮回反复的观念。在人类历史上，轮回观念一直占主流。比如古代阿拉伯人的观念里，"一千"是最大数字的象征，结束后又从"一"开始，《一千零一夜》的标题就意味着轮回。佛教里有轮回，《周易》六十四卦的最后一卦，是"未济"，前一卦叫"既济"，"既济"就是"已经过河了"，而"未济"却否定了前一卦的结束，周而复始。自达尔文以来，各种型号的进化论和优胜劣汰的主张成为时髦，一方面激励了许多个人、集体和民族奋发图强，同时也成为新的意识形态。这是否只是人类的一种知识幻觉？人类在取得进步的同时，许多方面也在退步。几十年来，思想家们对此已有多重反思和批判。文学艺术对轮回观念的重申，看起来有些消极或宿命，对已然真理化的进步观念，却有纠正和警醒的作用。实际上，每一首动人的现代诗，都在以新锐的言说，不同程度地提醒读者：某个定型的世界、秩序或者观念，其实是松散的，不可靠的。因为这种不可靠，所以"你必须改变你的生活"——德语诗人里尔克在一首诗的末尾这样写道。[①]

英国诗人、批评家奥登认为，批评家的职责应该有如下几方面：介绍好的作品或作家；指出不同时代和不同文化的作品之间

———————

① ［奥地利］里尔克：《里尔克诗选》，林克译，四川人民出版社 2018 年版，第 96 页。

的关系;给出对一部作品的一种"阅读"方式,可以加深读者对它的理解;阐明艺术"创造"(making)的过程;阐明艺术与生活、科学、经济、伦理、宗教等的关系。[①] 在本书举要式的解读和批评中,笔者希望能够自觉履行这些要求,但必然力所不逮,甚至有差错。想起吾师敬文东先生的教导:做一个批评写作的学徒,更容易获得进步的愉悦。前面引过英国诗人 R. S. 托马斯的诗句,"搭把梯子接诗下凡",这说的似乎就是批评家或文学教师的工作,但在我而言,我繁言解读的作品,已然从仙质降为凡品。好在,下凡仙女总要找到羽衣飞回天上,经读者心智的天梯,好诗会重回"天上"。

---

① [英]奥登:《染匠之手》,胡桑译,梵子校,上海译文出版社 2018 年版,第 11—12 页。

第一辑

"我颂扬投火的飞蛾"

——新诗同题译写现象的个案分析

一

　　1922年,赴德留学不久的青年宗白华,陆续写了一批小诗,这些诗1923年结集为《流云》,由上海亚东出版社出版,是最早的白话诗集之一。写作期间,宗白华曾表露其创作动机,据1922年4月17日给柯一岑的信,他十分欣赏当时冰心女士刊于《时事新报·学灯》的小诗:"我尤爱冰心女士的浪漫谈和诗,她的意境清远,思致幽深,能将哲理化入诗境,人格表现于艺术。她的《繁星》七十首,真给了我许多的愉快和安慰。"[①]1922年6月5日,宗白华在《学灯》发表了一组诗,题记云:"读冰心女士繁星诗,拨动了久已沉默的心弦,成小歌数首,聊寄共鸣。"[②]

---

　　① 　林同华主编:《宗白华全集》第1卷,安徽教育出版社2008年版,第416页。

　　② 　林同华主编:《宗白华全集》第1卷,安徽教育出版社2008年版,第333页。

今天看来，来自冰心小诗的启发和白话诗运动的陶染激励，仅为宗白华写这些诗的部分动因。宗白华少年时代即在德国人开办的青岛大学中学部学德文，1920年赴德留学，以研究德国美学为志业。这批小诗的写作，也有来自德国文学的影响。据他1947年成稿的《我和诗》一文忆述，早在1918年至1919年期间，他就热爱德国浪漫派文学："德国浪漫派的文学深入我的心坎。歌德的小诗我很欢喜。"①笔者以为，《流云》里有来自歌德抒情诗的影响。在1920年代初与田汉、郭沫若的书信合集《三叶集》里，宗白华曾热烈表达过对歌德的喜欢和景仰；此后他还陆续撰写和翻译过关于歌德的文字。不难看出，《流云》中诸如《月底悲吟》这类诗，明显有歌德"小诗"的影子；《题歌德像》直接抒发了这位中国青年诗人对歌德的崇拜。回顾以上新诗史细节，是因为笔者注意到《流云》里这首小诗的特别："一切群生中，/我颂扬投火的飞蛾，/唯有他，/得着了光明中伟大的死！"②显然，诗里洋溢着宗白华其时推崇的"少年中国"精神，正如他1922年7月22日给柯一岑的信里所说："我愿多有同心人起来多作乐观的，光明的，颂爱的诗歌，替我们的民族性里造一种深厚的情感底基础。……我们青年作者底眼光，宜多致意于将来，不必自己樊笼于时代的烦闷中。"③时代的烦闷，或可与飞蛾深陷的暗夜互喻；飞蛾以死点燃的光明，则是五四青年们所追求的未来。

① 林同华主编：《宗白华全集》第2卷，安徽教育出版社2008年版，第153页。
② 林同华主编：《宗白华全集》第1卷，安徽教育出版社2008年版，第373页。
③ 林同华主编：《宗白华全集》第1卷，安徽教育出版社2008年版，第419页。

诗中"投火的飞蛾"是很常见的意象,故读者不易深究或联想其来源。笔者偶然注意到,它很可能跟歌德的一首诗有关。安徽教育出版社1994年初版的《宗白华全集》里,收录了编者当时新发现的一首宗译歌德诗作《死与生》。为方便论述,兹录于下:

勿对任何人说,只对智者讲,
因为众人会讥笑你!
我要颂扬那生命,
那翘盼着一个火焰中的死的。

在恋爱夜中的清凉,
它创造着你,当你在创造着,
陌生的感觉浸着你,
当静默的烛光亮着。

你不再停留在
黑暗阴影的帘幕,
新的热望抓住你,
趋向更高的媾合。

你不怕任何的遥远,
你飞往,你被吸住,

最后,你渴饮光明,

像个蝴蝶被烧去。

当你还没把握到这:死与生!

你仍是这阴暗的地球上

一个懵懂的过客。

据编者注,宗白华这首译诗初刊于上世纪 40 年代创刊于重庆的《妇女月刊》杂志,具体期数和年月不详。[①] 经笔者查证,是《妇女月刊》1947 年第二期。[②] 诗中"蝴蝶"一词,在该诗别的汉译本里,都译为"飞蛾"。据钱春绮译注,德语"原文为 Schmetterling,此字又指蝴蝶,乃是灵魂的象征"[③]。宗白华的注解,不但见出他对此诗的热爱,也可由此反观他那首歌颂飞蛾的小诗:"歌德在 1814 年 7 月 31 日写下这首诗,收在他的《西东诗集》(现通译'西东合集'——笔者)里。那时他已 65 岁,目光转向东方,尽量吸饮东方的生活智慧与热情,以恢复自己生命的再度青春。这首诗赞扬生命须在高度热情的死中以求更生,以求蜕变。小生命焚烧在大生命里,以'趣向更高的媾合'。"[④]歌德对包括

---

① 林同华主编:《宗白华全集》第 4 卷,安徽教育出版社 2008 年版,第 684 页。

② 《妇女月刊》创刊于重庆,行世时间为 1941—1948 年。参见《中国现代女性期刊汇编》第 6 册,线装书局 2006 年版,第 2449—2452 页。

③ 歌德:《歌德诗集》(下),钱春绮译,上海译文出版社 1982 年版,第 339 页。

④ 林同华主编:《宗白华全集》第 4 卷,安徽教育出版社 2008 年版,第 685 页。

中国在内的"东方"的关注,在《西东合集》中多有体现,料想这会让宗白华这位来自中国的青年有别样亲切感,上世纪一二十年代游学欧洲的中国知识分子,许多人曾在欧洲人的"东方热"中被感染。笔者以为,宗白华诗中由"生""死"到"更生",进而获得光明与意义的"飞蛾"形象,或来自歌德上述诗作。读《西东合集》可知,歌德这首诗里的"飞蛾投火"形象,源自古波斯诗人哈菲兹(1320—1389)。他那段时间对哈菲兹的热爱,激发了新的创作。哈菲兹诗中的"飞蛾投火"形象,也曾出现在中西亚许多古代诗人笔下。现代诗人朱湘曾译过哈菲兹的前辈,古波斯诗人茹密(1207—1273,今译鲁米)的一首短诗,名《一个美丽》,摘末尾六行如下:"他那卷发的尖端说道:'嗨!你去学习跳绳索。'/这支蜡烛的面腮说道:'那里有飞蛾来自焚?'/为了跳那根绳索,快点,心啊,快点化成环子;/投身去火焰里,在蜡烛燃烧,光亮了的时候。/尝过了炙焚的味,没有火焰你便不要生存;/便是生之水来了,也不能引逗你离开那火。"①

　　茹密在朱湘留学时期的英语世界流传,或许也能追溯至歌德时代欧洲对东方古代诗歌的发现与热情。茹密这几行诗里惊心动魄的飞蛾投火意象,也出现在同时代的波斯诗人萨迪(1208—1291)笔下。他的诗集《果园》第三章"论恋爱、痴醉和狂

---

　　①　方铭主编:《朱湘全集·译作卷(二)》,安徽文艺出版社 2017 年版,第16—17 页。

热"最末两首诗,分别题为《同飞蛾对话》和《灯蛾与蜡烛的交谈》,都以飞蛾对灯火的迷醉,作为爱之譬喻①。"飞蛾投火"的形象,在汉语古典诗文中也常见,笔者随手翻阅庾信的赋,居然见极美之句:"蛾飘则碎花下,风起则流星落"(《灯赋》),"旁垂细溜,上绕飞蛾。光清寒入,焰暗风过"(《对烛赋》)。进一步搜寻检索,当有更多。曾有学者考证指出,汉语中"飞蛾投火"这一成语源于佛经,在东汉时期开始的汉译佛经中,这个譬喻就有多种多样的表达。② 也就是说,在茹密、哈菲兹等诗人之前很久,飞蛾投火的譬喻已在佛经中广泛使用,佛经譬喻与古波斯诗人作品之间是否有关联,实在令人遐想。六朝读书人中佛经颇为流行,庾信赋中这类的句子,或有相关来源亦未可知。

《流云》初版不久,就引起朱湘的特别注意,他 1924 年曾就此撰文,并对宗氏"飞蛾"主题的短诗给予很高评价:"宗君的《流云》中最好的诗,在我看来,是《一切群生中》。我从前在北京的时候,听到一个朋友说,有一个人坐海船,正当一个辉煌的日落,他赏玩入了神,心中觉着自己非投入黄金的水中不足以尽致,于是他就投入了海。想不到世上竟有一个飞蛾质的人!"③朱湘对宗白华这首

① 萨迪:《萨迪的果园》,张晖译,中国文联出版社 2016 年版,第 193—197 页。

② 史光辉、汤士普:《佛源成语生成与演变的一种方式——以"飞蛾投火"为例》,《汉语史学报》第 18 辑,浙江大学汉语史研究中心编,上海教育出版社 2017 年版,第 151—153 页。

③ 方铭主编:《朱湘全集·散文卷》,安徽文艺出版社 2017 年版,第 290 页。

小诗的解释堪称奇绝,他说的"飞蛾质的人",令人不禁想到他投水自尽的激烈生命结局,难怪他选译了茹密那首"飞蛾"主题的诗。新月诸君中,朱湘译诗可谓勤奋而有抱负,他译过若干歌德诗作,但其中没有上述这首,他是否读过也不得而知;然而20世纪留学欧美的数位中国诗人,都曾与歌德此诗发生过奇妙的相遇。

二

1931年3月21日,梁宗岱从德国写给徐志摩的信中,曾赞扬过宗白华《流云》中"有几首都是很好的诗"[①]。梁氏虽未指明具体篇目,但他1934年到1935年期间在日本完成的译诗集《一切底峰顶》中,译了歌德的这首"飞蛾"之诗。这首诗也是梁宗岱十分喜爱的作品,他在译序里坦言:"这里面的诗差不多没有一首不是他(梁宗岱——笔者)反覆吟咏,百读不厌的每位大诗人底登峰造极之作,就是说,他自己深信能够体会个中奥义,领略个中韵味的。"[②]相较之下,梁译的标题"幸福的憧憬",比宗译更接近歌德原意:

> 别对人说,除了哲士,
>
> 因为俗人只知嘲讽:
>
> 我要颂扬那渴望去

---

① 梁宗岱:《梁宗岱文集Ⅱ·评论卷》,中央编译出版社/香港天汉图书公司2003年版,第31页。

② 梁宗岱:《梁宗岱文集Ⅲ·译诗卷》,第50页。

死在火光中的生灵。

在爱之夜底清凉里，
你接受，又赐与生命；
异样的感觉抓住你，
当烛光静静地辉映。

你再也不能够蛰伏
在黑暗底影里困守，
新的怅望把你催促
去赴那更高的婚媾。

你不计路程底远近，
飞着跑来，像着了迷，
而终于，贪恋着光明，
飞蛾，你被生生焚死。

如果你一天不发觉
"你得死和变！"这道理，
终是个凄凉的过客
在这阴森森的逆旅。①

---

① 梁宗岱：《梁宗岱文集Ⅲ·译诗卷》，第58—59页。

梁宗岱也属现代诗人中与歌德有"深交"者。1932年是歌德去世一百周年,世界各地纪念文字很多,中国文艺界亦多有呼应。梁宗岱这两三年里除翻译了歌德的若干诗作外,还有不少谈及歌德的文字。虽然他未曾直接论及歌德此诗,但他1934年写的《李白与哥德》一文里写道:"他能够从破碎中看出完整,从缺憾中看出圆满,从矛盾中看出和谐。"①这句话,或可视为他对歌德此诗的理解。

歌德这首诗也吸引了现代诗人冯至。冯至1930年至1935年留学德国,先后就读于柏林大学、海德堡大学。歌德是他除里尔克之外的重要研读对象之一,他后来成了歌德研究专家。冯至1941年写就的代表诗作《十四行集》之第十三首,主题即为歌德,其中有"飞蛾"形象出现:"从沉重的病中换来新的健康,/从绝望的爱里换来新的营养,/你知道飞蛾为什么投向火焰,//蛇为什么脱去旧皮才能生长;/万物都在享用你的那句名言,/它道破一切生的意义:'死和变'。"②

斯洛伐克汉学家马利安·高利克指出了冯至该诗第三节中的"飞蛾"与歌德"飞蛾"之诗的直接关联,并认为此诗对冯至影响至深③。的确,冯至上世纪40年代关于歌德的文章里,曾两

<hr>

① 梁宗岱:《梁宗岱文集Ⅱ·评论卷》,中央编译出版社/香港天汉图书公司2003年版,第105页。

② 解志熙:《冯至作品新编》,人民文学出版社2009年版,第118—119页。

③ 马利安·高利克:《冯至及其献给歌德的十四行诗》,刘燕译,《汉语言文学研究》2013年第4卷第1期。

次论及歌德的"飞蛾"之诗。在1946年发表的《从〈浮士德〉里的人造人略论歌德的自然哲学》一文里,他写道:"……这正是歌德晚年抒情诗集《西东合集》中的名诗《幸运的渴望》(SeligeSehnsucht)里'死和变'的意义,死只是一个走向更高的生命的过程。由于死而得到新生,抛却过去而展开将来,这是生物蜕变的道理,在歌德作品里常常遇到含有这样意义的文字。"[①]在1947年《歌德的〈西东合集〉》一文中,冯至又解释了此诗的意旨,并将这首《幸运的渴望》翻译成汉语:

> 别告人说,只告诉智者
> 因为众人爱信口雌黄;
> 我要赞美那生存者,
> 它渴望在火焰中死亡。

> 在爱的深夜的清凉里,
> 创造了你,你也在创造,
> 有生疏的感觉侵袭你,
> 如果寂静的蜡烛照耀。

> 你再也不长此拥抱
> 在黑暗的阴下停留,

① 范大灿编:《冯至全集》第八卷,河北教育出版社1999年版,第55页。

新的向往把你引到
更高一级的交媾。

没有远方你感到很艰难，
你飞来了，一往情深，
飞蛾，你追求着光明，
最后在火焰里殉身。

只要你还不曾有过
这个经验：死和变！
你只是个忧郁的旅客
在这阴暗的尘寰。

　　冯至解释道："这是诗人对于生命的最深的领悟。他用东方
诗人常常提到的飞蛾扑火的图像来比喻人是怎样从阴暗的感官
的生活里渴望着与光明的结合。但是人与飞蛾不同，飞蛾被火
焰烧死，不能再生，而人则往往像传说中的凤鸟一般，死去一个
过去，又产生一个新的将来。所以歌德在这首诗里写出这与前
四节好像不甚关联的最后一节。"[①]1982 年，歌德逝世 150 周年
之际，冯至专门译释的一组歌德短诗里，也收了此诗。他借德国
作家黑塞的评价来证明自己选择这些诗的意义："歌德的诗，现

---

　　①　范大灿编：《冯至全集》第八卷，第 68—69 页。

在看来的确有一些是过时了、不新鲜了，可是另有一部分，当时不容易被读者接受，因而被忽视，受到冷淡的待遇，后来逐渐被发现、被理解，放射出歌德在世时人们感受不到的光辉。"①冯至再次解释了歌德这首"飞蛾"之诗的背景和主题："1814 年 6 月，歌德读德文翻译的 14 世纪波斯诗人哈菲兹的诗，对波斯和阿拉伯的诗歌产生浓厚兴趣，好像发现一个新的诗的世界。在这些诗的启迪下，歌德诗泉喷薄，在 1815、1816 两年，写出大量具有特殊风格的抒情诗，后来收辑为《西东合集》，于 1819 年出版。""《幸运的渴望》以飞蛾扑火为比喻，歌颂人不满足于'爱的深夜的清凉'，不'在黑暗的阴下停留'，向往光明，追求更高的存在，但向往和追求不免于在火焰里焚身。歌德把焚身不看作是生命的终结，而像是凤凰那样从火里得到新生，他用'死和变'概括他的这种思想。""从字面上看，歌德的诗与哈菲兹的诗是有共同点的，但歌德给'飞蛾扑火'以更深的意义，尤其是诗的最后一节，写出了牺牲与完成、死与新生的辩证关系。"②

三

　　有意思的是，歌德此诗在汉语新诗中的影响与递嬗，并

---

① 　冯至：《冯至译文全集·守望者之歌》，上海人民出版社 2020 年版，第 81 页。

② 　冯至：《冯至译文全集·守望者之歌》，第 94—96 页。冯至关于此诗的类似评价，在《德国文学简史》(1958)、《歌德与杜甫》(1980)、《读歌德诗的几点体会》(1982)、《歌德》(1982)等论著中也曾出现，足见他对此诗的喜爱和重视。

不止于冯至的写作与各阶段的译释。在当代旅德诗人张枣的作品中，也有此诗的身影。张枣 1983 年开始在四川外国语学院读英语语言文学硕士，1986 年旅居德国，新世纪初回国任教至 2010 年病逝。在反映他出国初期心迹的作品中，常被称道的是《刺客之歌》，诗中的荆轲形象，可以说是这位意气风发的年轻诗人的自我写照。而在他这阶段写的《楚王梦雨》一诗里则有下列诗行："枯木上的灵芝，水腰系上绢帛，/西边的飞蛾探听夕照的虚实。/它们刚辞别幽所，必定见过/那个一直轻呼我名字的人。"①这几行诗里，依稀出现一个等待夜幕降临的"飞蛾"意象；若将它与张枣 1987 年在德国威茨堡所作的《与夜蛾谈牺牲》一诗对照，就会发现两首诗之间的同构性，也更能完整地见出"飞蛾"主题与歌德诗作的可能关联：

一、夜蛾

我知道夜与夜来过，这又是一个平淡的夜

世纪末的迷雾飘荡在窗外冷树间

黑得透不过气来，我又愤懑又羞愧

把你可耻的什物闹个丁丁当当的人啊，

听我高声诘问：何时燃起你的火盏？

---

① 颜炼军编：《张枣诗文集·诗歌卷》，四川文艺出版社 2021 年版，第 63 页。

二、人

我也知道这只是一个平淡的时刻,星月无踪

亿万颗心已经入睡,光明被黑暗掳身

你焦灼的呼声好比亢奋的远雷

过分狂热,你会不会不再知道自己是谁?

夜蛾,让我问一声:你的行为是否当真?

三、夜蛾

我的命运是火,光明中我从不凋谢

甚至在母胎,我早已梦见了这一夜,并且

接受了祝福;是的,我承认,我不止一个

那亿万个先行的同伴中早就有了我

我不是我,我只代表全体,把命运表演

四、人

那么难道你不痛,痛的只是火焰本身?

看那钉在十字架上的人,破碎的只是上帝的心

他一劳永逸,把所有的生和死全盘代替

多年来我们悬在半空,不再被问津

欲上不能,欲下不能,也再不能牺牲

五、夜蛾

我谈过命运,也就谈过最高的法则

当你的命运紧闭,我的却开坦如自然

因此你徒劳、软弱,芸芸众生都永无同伴

来吧,我的时间所剩无几,燃起你的火来

人啊,没有新纪元的人,我给你最后的通牒

六、人

窗外的迷雾包裹了大地,又黑又冷

来吧,这是你的火,环舞着你的心身

你知道火并不炽热,亦没有苗焰,只是

一扇清朗的门,我知道化成一缕清烟的你

正怜悯着我,永在假的黎明无限沉沦①

多年来,每读到张枣此诗,我常常产生莫名的震惊。那只宣称"我的命运是火,光明中我从不凋谢"的"飞蛾",和那个自叹"永在假的黎明无限沉沦"的与夜蛾谈牺牲的"人",在我看来,比《刺客之歌》里的"荆轲"更能精湛地演示英雄的悲剧和生命意义包含的悖论。换言之,这首诗里的"飞蛾",更能象征诗人的命运,似乎是那位几年后写《卡夫卡致菲丽丝》的诗人张枣的提前登场。在《卡夫卡致菲丽丝》里,张枣同样也写到了"飞蛾投火"的形象:"枯蛾紧揪着光,/做最后的祷告。生死突然交触,/我听见蛾们迷醉的舌头品尝//某个无限的开阔。"②笔者起先从没细想过张枣诗中"飞蛾投火"的文本渊源,这个形象实在太常见了;直到有一天碰巧读到歌德写"飞蛾"的这首

---

① 颜炼军编:《张枣诗文集·诗歌卷》,四川文艺出版社 2021 年版,第 200—201 页。

② 颜炼军编:《张枣诗文集·诗歌卷》,四川文艺出版社 2021 年版,第 113 页。"飞蛾投火"形象在张枣其他若干诗里都出现过。

诗,并注意到它与上述现代诗人的关联,才敢大胆猜想,张枣写《与夜蛾谈牺牲》这样的诗之前,很可能读过歌德的"飞蛾"之诗,并留心背后的东方文学资源。张枣留下的诗之外的文字太少,于此没有直接证据,但也能找到一些若隐若现的线索。

歌德此诗流传甚广,常见于各种选本自不必说,赴德前后苦修德语的张枣,应有接触此诗的几率。首先,20 世纪 80 年代前期,冯至、钱春绮等人的汉译本纷纷重版或面世。张枣在四川外国语学院读研期间,冯至的弟子,著名歌德翻译家杨武能在此任教,他是《西东合集》的重要译者之一。2009 年 3 月,张枣在一篇短文中曾忆及在川外求学期间的一个细节:"……不过那时也有好领导,我的校长杨武能,今天你们读的《少年维特之烦恼》的最好版本,就是出自他的译笔。他喜欢诗,也喜欢我写的那类现代诗,自己也写一点,时常降身到我的斗室(那时研究生是两人一间),把盏谈诗。有醉意的时候,他爱咧嘴笑,爱用衣角擦眼镜片,也喜欢笑眯眯地盯着我,用四川话说:跑,你哪儿跑得掉嘛! 不过,还真是,有的事最好就是撒腿就跑。一刹那,我有个幻觉,好领导就应该是个诗人呀!"[①]不知年轻的诗人张枣,是否曾通过翻译家杨武能而认识更多歌德的诗? 这个缘分,或许也曾多少影响了英文专业的他选择赴德留学?

---

① 颜炼军编:《张枣诗文集·诗论卷 2》,第 229 页。

另外,张枣在一次访谈中透露,刚到德国时,他很喜欢托马斯·曼的作品。[1] 歌德这首"飞蛾"之诗,曾引起许多诗人作家瞩目,其中包括张枣喜爱的曼杰什坦姆[2]、托马斯·曼,他们的作品里都涉及此诗。托马斯·曼的不少作品与歌德作品深度互文,他的小说名作《绿蒂在魏玛》,以歌德与青年时代的恋人绿蒂(歌德小说《少年维特之烦恼》女主人公的原型)阔别 44 年后在魏玛重逢这段史实为题材。在小说最后一章,托马斯·曼将歌德诗里的"飞蛾"主题,演绎为歌德与绿蒂之间的对话,在小说里,年老的歌德这样回答绿蒂:

> 你使用了一个比喻,对我来说,是一个十分亲切、十分熟悉的比喻,它长久以来一直占据我的灵魂:我是指那个关于飞蛾(德语原文为 die Mücke——笔者)和那有诱惑力的致命灯火的比喻。如果你愿意接受的话,那我要说,我就是灯火,飞蛾(德语为 der Falter,亦有蝴蝶之义——笔者)自己渴望地扑进火里;然而在事物的变动中和互换中,我也是那点燃着的蜡烛,牺牲自己的身体,让它燃烧,发出光来;我又是那喝醉了酒似的蝴蝶(德语原文为 Schmet-

---

① 颜炼军编:《张枣诗文集·书信访谈卷》,第 201 页。

② 曼杰什坦姆《致德语》一诗第四节写到歌德,第一节里有"飞蛾投火"形象:"就像飞蛾扑向子夜的火焰,/我希望摆脱我们的语言,/只为令我与它永远关联的一切。"参见曼杰什坦姆《黄金在天空舞蹈》,汪剑钊译,上海文艺出版社 2015 年版,第 246 页。曼杰什坦姆是张枣喜爱的诗人之一,张枣 1991 年写成的《海底的幸福夜》一诗即献给他。

terling，与歌德"飞蛾"之诗同一个词——笔者），掉进火里——一切牺牲的征象，身体转变成灵魂，生命转变成精神。[1]

不确定张枣写《楚王梦雨》《与夜蛾谈牺牲》等诗之际，是否读过托马斯·曼这部作品，并注意到其中这段讨论"牺牲"的文字；但这段话和《与夜蛾谈牺牲》一诗，有显著的共鸣点：飞蛾、烛火、诱惑、渴望、燃烧、牺牲等，另外，烛火与飞蛾/蝴蝶角色的互换逻辑也相似。托马斯·曼虚构的这段歌德的话，也显示了飞蛾与蝴蝶在德语中的部分重合。这令人想到张枣诗中频繁出现的蝴蝶意象（比如 1987 年到 1988 年间写的《三只蝴蝶》《蝴蝶》）。据他 1989 年 3 月写给诗人陈东东的信，他那段时间曾动笔写一部自传体小说，名为"蝴蝶的传说"，讲一个中国诗人在欧洲的经历，惜未写成。[2]

张枣去世前三年，回国到中央民族大学任教。此间留下了一批讲稿，其中关于鲁迅《野草·秋夜》中"小青虫"形象的解释，可与歌德"飞蛾"之诗的主旨，与托马斯·曼小说里的歌德的话，与现代诗人对"飞蛾投火"的赞扬，与张枣本人《与夜蛾谈牺牲》等作品彼此联想："鲁迅的坚强的书写意志，将发声的主体幻化成一个风格强悍硬朗的恶鸟，震撼分裂沉默的自我和无

---

[1] 托马斯·曼：《绿蒂在魏玛》，侯浚吉译，上海译文出版社 2006 年版，第323—324 页。

[2] 颜炼军编：《张枣诗文集·书信访谈卷》，第 108 页。

声的中国。并将受损的主体的康复和庇护幻化成一个诗类,一个词语的工作室。那儿,去精确命名的词,有着被命名之物的真实质地,如'白纸罩上的小青虫,头大尾小,向日葵子似的,只有半粒小麦那么大,遍身的颜色苍翠得可爱可怜'。它们在写者的内心,在词语的工作室里叮当作响,遇到火便变成了烟,成了意义。""这个挣扎的发声者是个牺牲者,就像普罗米修斯一样。鲁迅笔下叮叮当当的虫子就像真正的文字一样,在文本中化成了意义,不再是它们的物质形象。"[①]张枣在鲁迅《秋夜》中读出了背负启蒙使命的诗歌英雄形象,一个类似"飞蛾投火"的牺牲者。

四

以上考索论析,或是笔者执迷于触类相推,沿波讨源,却求之过细的编织。若能借此觉察诗歌史常识对文本之间潜在关系的忽略,在看似疏远的创作主体之间,发掘出不同诗心虬结的"原型"和兴寄的情状,为相关诗歌打开有效的阐释和想象空间,那也算是陆机《文赋》所谓的"课虚无以责有",这是文学研究与批评应有的力量。

关于歌德的这首诗,德国批评家汉斯-狄特·格尔费特曾有一段精彩解读:"熟悉歌德的人都应该知道这首诗表达了歌德诗

---

① 颜炼军编:《张枣诗文集·诗论卷2》,第67、88页。

艺的基石,即那些被他描述为'歪门邪道'的东西,那些处于他个人生活哲学最核心的部分。同时,这首诗却又被视作他最艰深的一首,因为诗歌本身看起来就充满了矛盾:从焚烧殆尽的飞蛾之中又能变化出什么全新的事物呢? 在激发了歌德创作《西东诗集》灵感的波斯诗歌中,燃烧的飞蛾这个意象比比皆是。……诗歌不可能只提供一个确凿无疑的真相,而是同时为读者打开好几个可能相互悖反的视角;正好比观众在舞台上看到一个悲剧式英雄的时候,在责备与同情之间摇曳不定的心情一样。而在上面那首诗(指歌德的'飞蛾'之诗——笔者)中,读者就能同时体验到两种情绪:自毁的风险,以及从中迸发出的竭尽生命之力的变幻之力量。"①如果汉斯-狄特·格尔费特对歌德这首诗中"相互悖反的视角"的解读称得上准确周密的话,那么,青年宗白华的无题小诗萃取自歌德的,是一种五四青年式的致力于文明与家国再生的理想主义精神;冯至 20 世纪 40 年代借此表达的,则是知识分子深陷战乱流离和家国危机之际的努力和希望②。简言之,他们看重的,或许都不是歌德诗中"相互悖反的视角"本身。而到了当代诗人张枣笔下,"人"与"夜蛾"之间难见胜负的激烈讨论,则充满了"悖反"意味。

---

① 汉斯-狄特·格尔费特:《什么算是一首好诗:诗歌鉴赏指南》,徐迟译,人民日报出版社 2020 年版,第 20—21 页。

② 冯至在 1985 年写的《〈论歌德〉的回顾、说明与补充》一文中曾说:"在变化多端的战争年代,我经常感到有抛弃旧我迎来新吾的迫切需求,所以我每逢读到歌德反映蜕变论思想的作品,无论是名篇巨著或是短小的诗句,都颇有同感。"(范大灿编:《冯至全集》第八卷,第 7 页)

百年新诗的丰富性,正体现在这类情形中:五四青年的理想主义,家国危机下个体勇于牺牲的精神,都能借"飞蛾投火"喻之;到20世纪80年代后期的诗人张枣这里,它又变幻成诗人孤绝地投身语言之火,甚至自毁而换取更高意义的充满悲剧色彩的隐喻。这个源自古代,经由歌德,在不同诗人间的穿梭、呼应的幻影,构成了丰富迷人的文本递变形态,其中的隐秘与微妙,一定远多于笔者所能讲述的。有必要申明的是,在20世纪中国文学话语中,无论是否有清晰可辨的文本渊源,"飞蛾投火"式的譬喻相当丰富。比如在现代诗里,李广田的《秋灯》(1933年)、戴望舒的《夜蛾》(1936年)、卞之琳的《灯虫》(1937年)等诗,广义上都可归入这一隐喻群。"飞蛾投火"形象,生动丰富地譬喻了20世纪众多中国知识分子与社会精英的生命形态和精神结构,牺牲小我换取大光明而实现博大生命的热情与决绝,遍及于他们的思想与行动。对"同题"诗歌文本的摸索、比照与细究,也是对这个充满历史想象力的崇高形象的一种"诗歌知识学"揭示。

经验与素材的新熔铸

——鲁迅《颓败线的颤动》中的妓女形象重释

一 绪论

在散文诗集《野草》里,鲁迅两处写到娼妓。先是 1925 年元旦写的《希望》中,他引用匈牙利诗人裴多菲的诗句:"希望是甚么?是娼妓:/她对谁都蛊惑,将一切都献给;/待你牺牲了极多的宝贝——/你的青春——她就弃掉你。"①鲁迅引这四行诗,显然是取它"希望"的比喻:"希望"被喻为娼妓,而无数被"希望"蛊惑的"你",则被比为恩客,他们因"妓女"/"希望"牺牲了宝贝和青春。换言之,如鲁迅这样的启蒙者与启蒙愿景之间的纠葛,被喻为恩客与妓女之间起于蛊惑却终于无情甚至悲剧的关系。读者习惯提取所引诗句的意旨,却容易忽略作为喻体的"娼妓"。

① 鲁迅:《鲁迅全集》第 2 卷,人民文学出版社 2005 年版,第 182 页。

在裴多菲这几行诗里,恩客/启蒙者很明显是被同情的对象,而希望/娼妓则是被抱怨的一方,而非被同情的弱者或被侮辱者。在该年 6 月 29 日写成的《颓败线的颤动》中,情况发生了逆转。全文由两个梦境敷衍连缀而成:一是年轻的母亲为了养活女儿,被迫卖淫;二是女儿长大成家后,阖家责难母亲的妓女身份带来的耻辱。两个"梦"彼此参照,这位母亲/妓女,作为受害者和被同情者而被浓墨重彩地表现。关于《颓败线的颤动》之奥义,研究者已有丰富论述,笔者无意继续讨论。本文尝试探究《颓败线的颤动》中妓女形象可能的经验与素材渊源,以及技艺"前因",尽力"还原"铸成文本的"隐蔽"材质。具体将从两方面展开:一是以鲁迅相关论说为视点,回溯清末以降小说中的妓女形象以及相关社会实况;二是梳理鲁迅接触的相关外国文艺资源及可能的写作路径。在此基础上,勘察《颓败线的颤动》的文本铸成。

二 作为背景的"狭邪小说"

"娼妓"是近代汉语小说的重要主题之一,相关作品里的妓女主人公多是供男性品赏狎昵的"佳人",甚至是"嫖界指南"的道具。在 19 世纪中期租界出现后,中国沿海娼妓行业产生了畸形的新变,更成为大量相关题材小说产生的沃土。在 1923 年面世的《中国小说史略》里,鲁迅将这类小说统称为"狭邪小说"。娼妓行业的小说化形态,十分耐人寻味。在相关专章讨论里,鲁迅曾有一段颇有深意的论断:

《红楼梦》方板行,续作及翻案者即奋起,各竭智巧,使之团圆,久之,乃渐兴尽,盖至道光末而始不甚作此等书。然其余波,则所被尚广远,惟常人之家,人数鲜少,事故无多,纵有波澜,亦不适于《红楼梦》笔意,故遂一变,即由叙男女杂沓之狭邪以发泄之。……特以谈钗黛而生厌,因改求佳人于倡优,知大观园者已多,则另辟情场于北里而已。①

鲁迅这段话的要义之一是,晚清以来大量狭邪小说,纷纷仿《红楼梦》的"笔意"写倡优之事。比起日常琐碎,"男女杂沓之狭邪"不但更能满足时人"聊遣绮怀"之需,也构成了近代都市想象的一部分。上述狭邪小说与《红楼梦》的奇异关系背后,有特定历史语境。

据美国汉学家叶凯蒂的研究揭示,在近代上海租界,名妓、文人和商贾中间,掀起了一股特别的"红楼梦"热。"从 1860 年代起直到 20 世纪,上海名妓都喜欢采用《红楼梦》里的人物名字。""那个时代上海租界的名妓中,有四分之一到一半的人表明了和《红楼梦》里的人物有某种关联。""因为名妓和客人同样熟悉这部小说,双方都可以放心地引用其中的语言、做法和俏皮话而不用担心会被误解。"②经过小说家们(他们许多人就是租界青楼妓馆的常客)添油加醋的"浪漫化",租界被暗喻为恩客和妓

① 鲁迅:《鲁迅全集》第 9 卷,第 271 页。

② [美]叶凯蒂(Catherine Yeh):《上海·爱:名妓、知识分子和娱乐文化(1980—1910)》,杨可译,生活·读书·新知三联书店 2014 年版,第 141、144 页。

女的"大观园",租界妓女与恩客之间的故事,则变成了各种"青楼梦"。鲁迅1931年的演讲《上海文艺之一瞥》里,谈及20世纪初年上海"才子"的生活与写作情形:

> 才子原是多愁多病,要闻鸡生气,见月伤心的。一到上海,又遇见了婊子。去嫖的时候,可以叫十个二十个的年青姑娘聚集在一处,样子很有些像《红楼梦》,于是他就觉得自己好像贾宝玉;自己是才子,那么婊子当然是佳人,于是才子佳人的书就产生了。内容多半是,惟才子能怜这些风尘沦落的佳人,惟佳人能识坎轲不遇的才子,受尽千辛万苦之后,终于成了佳偶,或者是都成了神仙。
>
> ……
>
> 佳人才子的书盛行的好几年,后一辈的才子的心思就渐渐改变了。他们发见了佳人并非因为"爱才若渴"而做婊子的,佳人只为的是钱。然而佳人要才子的钱,是不应该的,才子于是想了种种制伏婊子的妙法,不但不上当,还占了她们的便宜,叙述这各种手段的小说就出现了,社会上也很风行,因为可以做嫖学教科书去读。①

据上可知,鲁迅对晚清以来的娼妓行业及其文学化形态,有过深入思考。他甚至总结过狭邪小说作者对妓女的写法:"作者对于

---

① 鲁迅:《鲁迅全集》第4卷,第298—299页。

妓家的写法凡三变,先是溢美,中是近真,临末又是溢恶,并且故意夸张,谩骂起来;有几种还是污蔑,讹诈的器具。"①

在鲁迅《希望》所引的裴多菲诗句里,妓女作为充满诱惑和消耗的希望之比喻,其含义显然更接近狭邪小说中"只为的是钱"的、被"溢恶"的妓女形象,她们具有某种传说中的"诱惑力"。叶凯蒂曾分析过 1890 年代租界名妓照片中表现出的"诱惑力":"这位名妓跷着二郎腿,手托着头,散发出一种自信,与传统照片里妇女的标准姿势大不相同。在另一张照片中,通过名妓脚踝上的带子来看,可能是一位天津名妓在模仿上海的时尚。她斜倚在沙发上,跷着二郎腿,望着镜头自信地浅笑,形成一种毫不掩饰的挑逗。T. J. 克拉克曾说马奈(Edouard Manet)塑造的名妓形象奥林匹娅身体诱人但拒绝服从,是一个现代性的人物;上海名妓的照片也显示出了类似的特点。"②与上述"诱惑力"相对应,被称作"嫖界指南"的清末狭邪小说的作者或出版商,常常会提醒读者,怎样才能免于受骗:上海 1901 年 4 月 28 日的《新闻报》上关于《海上百花趣乐演义》的广告里就这样写道:"此书是海上花也怜侬所作……专讲风流子弟爱色贪花,屡被海上名妓迷惑,轻家而丧身者指不屈胜,是乃受愚已极,良可悲也。故将万种迷惑柔软情形逐节细表,编成演义,使人皆知妓之迷术,应对

① 鲁迅:《鲁迅全集》第 9 卷,第 349 页。

② [美]叶凯蒂:《上海·爱:名妓、知识分子和娱乐文化(1980—1910)》,同上,第 89 页。

有方,不为所困。"①当然,这种提醒本身,很可能变成"诱惑力"的一部分。海上的繁华,妓女的时髦,不止对男性有诱惑力,对女性也会产生"诱惑"。鲁迅在1933年《关于女人》一文中注意到近来某种世风之变:

> 民国初年我就听说,上海的时髦是从长三幺二传到姨太太之流,从姨太太之流再传到太太奶奶小姐。这些"人家人",多数是不自觉地在和娼妓竞争,——自然,她们就要竭力修饰自己的身体,修饰到拉得住男子的心的一切。②

"长三""幺二",都是对上海租界妓女的称谓,她们居然成为"良家妇女"学习时髦的楷模。然而,妓女的主体性与近代女性觉醒的微妙关系,并非鲁迅思考的焦点。鲁迅早期关于妓女的思考,首先跟批判旧式婚姻、女性解放相关。在1919年的随感录中,他写道:

> 然而无爱情结婚的恶结果,却连续不断的进行。形式上的夫妇,既然都全不相关,少的另去姘人宿娼,老的再来买妾:麻痹了良心,各有妙法。③

---

① 转引自陈大康:《晚清〈新闻报〉与小说相关编年(1896—1902)》,《明清小说研究》2007年第1期。
② 鲁迅:《鲁迅全集》第4卷,第532页。
③ 鲁迅:《鲁迅全集》第1卷,第338页。

鲁迅认为，男人嫖妓之所以常见，是因为多数传统婚姻的无爱。在他著名的"吃人"论中，女人与小孩，是最低端的被吃者。[1] 被"吃"的方式，自然也包括女性因各种不幸而沦落为妓。即使是觉醒的现代女性，可能也因乱世生计艰难而沦为妓女。鲁迅曾指出，这是娜拉可能的结局之一。[2] 鲁迅这些思考当然有时代语境：废娼运动曾是新文化运动的一部分，在二十世纪一二十年代曾引起许多讨论。[3] 比如蔡元培1918年在北大成立北大进德会，呼吁社会精英不要"嫖赌娶妾"。[4] 1921年，周作人也曾呼吁救济因生计而沦落为妓的女性。[5]

在清末至民国的沿海大城市里，妓女的存在是一种普遍现象。在1929年的一次演讲里，鲁迅感叹过上海"满街都是绑票匪和妓女。"[6] 1931年的演讲《上海文艺之一瞥》中，也有类似感慨。与这种感慨相印证，在他1932年2月16日的日记曾有这

---

① 鲁迅《灯下漫笔》："于是大小无数的人肉的筵席，即从有文明以来一直排到现在，人民就在这会场中吃人，被吃，以凶人的愚妄的欢呼，将悲惨的弱者的呼号遮掩，更不消说女人和小儿。"《鲁迅全集》第1卷，第229页。

② 鲁迅：《鲁迅全集》第1卷，第166页。

③ [美]程为坤：《劳作的女人：20世纪初北京的城市空间和底层女性的日常生活》，杨可译，生活·读书·新知三联书店版，第193—198页。

④ 蔡元培：《北大进德会旨趣书》，见《蔡元培全集》第3卷，中华书局1984年版，第127页。

⑤ 舒芜编录：《女性的发现——知堂妇女论类抄》，文化艺术出版社1990年版，第238—239页。

⑥ 鲁迅：《在北京第二师范学院的讲演》，李新宇、周海婴主编：《鲁迅大全集》第10卷，长江文艺出版社2011年版，第341页。

样的记录:"复往青莲阁饮茗,邀一妓略来坐,与以一元。"读同年12月31日日记:"为知人写字五幅,皆自作诗。为内山夫人写云:华灯照宴敞豪门,娇女严装侍玉樽。忽忆情亲焦土下,佯看罗袜掩啼痕。"①鲁迅诗里抱以深切同情的"娇女",显然是服侍人的青年女子。对比这两条信息可推测,鲁迅的"招妓",应是怜悯而为"与之一元"。从晚清到20世纪二三十年代,像上海北京这样的大城市,妓女数量很大,其中不幸的悲剧与残忍的故事,令人触目惊心。据美国学者贺萧研究,1927年的上海妓女数量不低于12万人,随着1920年代末世界性经济大萧条的影响,和随后日本发动侵华战争,导致这一数字大大增加。到1937年,上海租界每14名女性中就有一名妓女。② 如果上述数字是可信的,那么,大城市里像《颓败线的颤动》中的主人公那样,因年老或其他原因落魄破产的妓女应很常见。据贺萧的考证,世纪之交的名妓翁梅倩三十多年后在街头卖唱度日;另一租界名妓胡宝玉晚景凄凉,穷愁潦倒。③ 名妓尚且如此,下层妓女的境遇更可想而知。

或许因生活中比较常见,所以鲁迅1933年在《大观园的人才》一文里,才以老鸨来比喻日本侵略之下汉奸们的情态:

---

① 鲁迅:《鲁迅全集》第16卷,第299、341页。

② [美]贺萧:《危险的愉悦:20世纪上海的娼妓问题与现代性》,韩敏中、盛宁译,江苏人民出版社2003年版,第47页。

③ [美]贺萧:《危险的愉悦:20世纪上海的娼妓问题与现代性》,第191页。

……娼妓说她自己落在火坑里，还是想人家去救她出来；而老鸨婆哭火坑，却未必有人相信她，何况她已经申明：她是敞开了怀抱，准备把一切人都拖进火坑的。①

"大观园"之说，借用了狭邪小说中习见的"红楼梦"话语；对娼妓和老鸨的描写，也呼应了狭邪小说里的常见桥段。1935年《论讽刺》中，鲁迅又提及上海妓女：

……假如你到四马路去，看见雉妓在拖住人，倘大声说："野鸡在拉客"，那就会被她骂你是"骂人"。骂人是恶德，于是你先就被判定在坏的一方面了；你坏，对方可就好。但事实呢，却的确是"野鸡在拉客"，不过只可心里知道，说不得，在万不得已时，也只能说"姑娘勒浪做生意"，恰如对于那些弯腰拱手之辈，做起文章来，是要改作"谦以待人，虚以接物"的。②

这里以"野鸡"与"姑娘"之效果异同，来讽刺某些人的"虚伪"，与用裴多菲诗句借"娼妓"来形容"希望"一样，延续了"狭邪"的话语惯性。

参照近代以来强大的"狭邪"话语惯性，来重读《颓败线的颤

---

① 鲁迅:《鲁迅全集》第5卷，第126页。
② 鲁迅:《鲁迅全集》第6卷，第287页。

动》,可以见出其中妓女形象在近代社会的经验基础;同时,也可以更醒目地见出鲁迅的反"狭邪"立场。《颓败线的颤动》之后,现代作家一些相似题材的作品,也可以作如是观:曹禺1935年的话剧《日出》,老舍1935年的短篇名作《月牙儿》等。而女作家的类似题材作品,如丁玲1928年的《庆云里中的一间小房里》,除了上述特征外,还有对女性主体与经验的自觉伸张。

三 "石像"的"铸成"

竹内好有一个精当描绘:"鲁迅是一个强烈的生活者,是一个彻底到骨髓的文学者。"[①]上述鲁迅对"狭邪小说"及相关社会现实的思考,显示出他"生活者"的一面,应作为理解《颓败线的颤动》妓女形象的背景。还有个体层面的问题:鲁迅如何获得了超越"狭邪"主题的具体写作能量? 解释这个问题,或利于理解作为"彻底到骨髓的文学者"的鲁迅。在大量晚清小说中,妓女并没有作为文化批判或人道同情的对象,她们既是旧式文人风流冶游生活的一部分,也是西方殖民主义和商业形态中国化的结果。鲁迅文字里的"狭邪"话语惯性,与对此的自觉"超越",除了基于五四运动的整体观念变革,也有强烈的个人特征,在其文艺历程中能寻摸到更为具体的线索。下面,笔者拟将《颓败线的

---

① [日]竹内好:《近代的超克》,李冬木、赵京华、孙歌译,生活·读书·新知三联书店2016年版,第113页。

颤动》作为"终端",寻溯可能的"前文本",进而合理构想文本孕育的痕迹。

鲁迅留日期间开始大量接触西方文艺。伊藤虎丸曾指出,鲁迅留日期间,与日本明治三十年代文学具有某种"同时代性"。[①]鲁迅接触西方文艺,既有借由日本作家受到的影响,也有通过日语和德语的直接学习。首先,最可作《颓败线的颤动》之典型"前文本"的,是鲁迅1920年翻译发表的俄国作家阿尔志跋绥夫的短篇小说《幸福》。关于阿尔志跋绥夫,在鲁迅所喜爱的日本近代作家森鸥外的短篇小说《沉默之塔》(鲁迅译)中,两个文艺青年主人公的交谈里,曾出现这个作家的名字,说他"做了许多用革命家来做主人公的小说……况且因为肺病毁了身体连精神都异样了"[②]。由此可窥见阿尔志跋绥夫在日本接受之一斑。

《幸福》是一篇不到五千字的作品:年老色衰的妓女赛式加已经五日没有生意了,被赶出了住所。严冬雪天,饥寒交迫的她仅为吃上一顿饱饭,不得已同意在路上脱光衣服,让一位愿意付钱的男人鞭打一顿。被暴打后,她果然得到五个卢布的酬金,男人却扬长而去。妓女惨烈受辱的这一幕,不由得让人想起《颓败线的颤动》中为养育子女而出卖肉体的女主人公:"在光明中,在破

---

① [日]伊藤虎丸:《鲁迅与日本人——亚洲的近代与"个"的思想》,李冬木译,河北教育出版社2001年版,第11页。周作人1936年《关于鲁迅之二》一文曾论及鲁迅在日本搜集"瑞克阅姆"版德文文艺书籍的情况。据竹内好介绍,这套书在当时日本青年知识界影响很大。参见《近代的超克》,第117页。

② 北京鲁迅博物馆编:《鲁迅译文全集》第2卷,福建教育出版社2008年版,第26页。

榻上,在初不相识的披毛的强悍的肉块底下,有瘦弱渺小的身躯,为饥饿,苦痛,惊异,羞辱,欢欣而颤动。"阿尔志跋绥夫如此形容赛式加残败的肉体:"饿与冻磨灭伊的羸弱的身体,这上面只挂着两个打皱的乳房与骨出的手脚,仿佛一匹半死的畜生。"[1]这也可与《颓败线的颤动》后半段里对女主人公身体的描写比照。

以上只是一方面的文本关系联想。在《幸福》末尾的译者附记中,鲁迅对小说有如下描述:"写雪地上沦落的妓女和色情狂的仆人,几乎美丑泯绝。如看罗丹(Rodin)的雕刻。"[2]这里有个十分重要的信息:罗丹关于妓女的雕刻。众所周知,鲁迅热爱美术,对现代美术和中国传统图像艺术都有浓厚兴趣。鲁迅 1928年译的《近代美术思潮论》(日本学者板垣鹰穗著)一书里,有专章讲罗丹;他一度计划编辑罗丹艺术作品选集,虽最后没成,但足见其对罗丹作品的持续喜爱。鲁迅多处零星提及罗丹,已有研究者注意到鲁迅的创作与罗丹之间的关系[3],但鲁迅之前在哪里读过罗丹或看到他的艺术作品? 两者之间的具体文本关联如何? 似有进一步探讨的空间。

日本学者神林恒道曾指出:"日本的雕塑迈入近代,是从罗丹开始的。"[4]罗丹在 20 世纪初的日本作家中,也颇受欢迎。据

---

① 北京鲁迅博物馆编:《鲁迅译文全集》第 1 卷,第 253 页。

② 北京鲁迅博物馆编:《鲁迅译文全集》第 1 卷,第 258 页。

③ 崔云伟、刘增人:《人在世界中——关于鲁迅与罗丹的生命论思考》,《鲁迅研究月刊》2013 年 04 期。

④ [日]神林恒道:《"美学"事始——近代日本"美学"的诞生》,杨冰译,武汉大学出版社 2011 年版,第 90 页。

韩国学者尹相仁的观察,受欧洲世纪末文艺思潮影响,从明治时代后期直到末尾,日本文学与美术之间交流十分亲密。他就鲁迅喜爱的日本作家夏目漱石与欧洲近代美术之间关系作过细论。① 鲁迅关注的许多日本作家,都曾对罗丹有兴趣。比如森鸥外的短篇小说《花子》,就以《罗丹艺术论》中一段以日本女伶作模特的回忆作为演绎的素材:"我也研究过日本女伶花子(Hanako)。她绝无过剩的脂肪,她的肌肉结实如狐犬(Fox terrier)的筋一样。她的腿筋极粗,以致她的骨节亦和四肢一样的粗。她是那么强壮,可以一足举起成直角,一足长久地站在地上,如一棵生根在泥土中的大树。她的解剖全然和欧洲人的不同,但在奇特的力量中是至美的。"② 森鸥外这篇小说中,充满对雕塑艺术家罗丹的崇仰。

另据刘立善的研究,对鲁迅产生很大影响的日本白桦派作家,是罗丹在日本最有力的传播者,他们也是鲁迅通向西方美术的重要桥梁。1910 年代的《白桦》杂志,曾多次刊登"罗丹专号"。"罗丹之名所以在日本广为人知,人们对罗丹之所以特别关注,无不有赖于'罗丹专号'的出现。"③ 白桦派作家与现代美术关系密切,他们小说里也屡屡出现西方近代画家的作品或名

① 参见尹相仁《世纪末的漱石》,刘立善译,新星出版社 2017 年版,第 27 页、第 102—179 页。

② [法]罗丹述,葛赛尔记:《罗丹艺术论》,傅雷译,山东画报出版社 2017 年版,第 60 页。

③ 刘立善:《日本白桦派与中国作家》,辽宁大学出版社 1995 年版,第 37 页。

字。白桦派代表作家之一的有岛武郎还有关于罗丹的专论《叛逆者——关于罗丹的考察》。[①] 在这样的氛围里,罗丹相关的文字和作品在日本译介与传播,并引起热爱美术的鲁迅关注,可谓顺理成章。留日诗人郭沫若在其 1921 年出版的诗集《女神》中曾提及罗丹,此亦可作旁证。[②]

还有一条重要线索,此前的研究者有提及,却未曾深究。鲁迅 1925 年 2 月 3 日的日记里,曾有购买英文版《罗丹之艺术》一书的记录,在别处亦曾推荐读之。经笔者查证,该书系画册,图 20 和图 21 以不同的角度展示了罗丹的著名雕塑 The Old Courtesan(老娼妇),[③]这正是此前《幸福》译者附记中提的"罗丹的雕刻"。四个多月后,《颓败线的颤动》面世。

在《罗丹艺术论》第二章,罗丹曾与葛赛尔专门讨论了这一青铜雕塑。据葛赛尔转述,罗丹这具雕塑作品取材自诗人维庸(François Villon)的《美丽的老宫女》一诗。诗中的"她俯身望视着胸口,可怜的干枯的乳房,皱纹满布的腹部,比葡萄根还要干

---

① 此文汉译发表在鲁迅编的《奔流》杂志 1928 年第 1 卷第 4 期,译者为金溟若。鲁迅在《〈奔流〉编校后记·四》中说,自己曾有翻译此文的想法,但"后来渐觉得作者的文体,移译颇难,又念中国留心艺术史的人还少,印出来也无用,于是没有完工,放下了"(《鲁迅全集》第七卷,第 174 页)。为配合有岛武郎的文章,该期杂志刊载了一幅罗丹肖像和《亚当》《思想者》《塌鼻男子》《圣约翰》等四幅罗丹雕塑照。

② 郭沫若:《女神》(初版本),人民文学出版社 2020 年版,第 66 页。

③ The *Art of Rodin*,Introduction by Louis Weinberg,New York boni and Liveright,1918,另外,1924 年的《学衡》(27 期)杂志,也曾刊发《老妓像》。据沈卫威编著"学衡派"编年文事》,南京大学出版社 2015 年版,第 124 页。

枯的四肢"。罗丹对葛赛尔解释说："一个病态的紧张的面容，一个罪人局促的情态，或是破相，或是蒙垢的脸上，比着正则而健全的形象更容易显露它内在的真。"①笔者揣测《颓败线的颤动》有来自罗丹雕塑的直接启发，是因为在后半部分里，鲁迅连续三次用"石像"，来形容这位痛苦的老妓女：

那垂老的女人口角正在痉挛，登时一怔，接着便都平静，不多时候，她冷静地，骨立的石像似的站起来了。她开开板门，迈步在深夜中走出，遗弃了背后一切的冷骂和毒笑。

她在深夜中尽走，一直走到无边的荒野；四面都是荒野，头上只有高天，并无一个虫鸟飞过。她赤身露体地，石像似的站在荒野的中央，于一刹那间照见过往的一切：饥饿，苦痛，惊异，羞辱，欢欣，于是发抖；害苦，委屈，带累，于是痉挛；杀，于是平静。……又于一刹那间将一切并合：眷念与决绝，爱抚与复仇，养育与歼除，祝福与咒诅……。她于是举两手尽量向天，口唇间漏出人与兽的，非人间所有，所以无词的言语。

当她说出无词的言语时，她那伟大如石像，然而已经荒废的，颓败的身躯的全面都颤动了。这颤动点点如鱼鳞，每一鳞都起伏如沸水在烈火上；空中也即刻一同振颤，仿佛暴风雨中的荒海的波涛。

她于是抬起眼睛向着天空，并无词的言语也沉默尽绝，

① ［法］罗丹述，葛赛尔记：《罗丹艺术论》，第17页。

惟有颤动,辐射若太阳光,使空中的波涛立刻回旋,如遭飓风,汹涌奔腾于无边的荒野。

三处"石像"之喻,对主人公异常复杂的心绪和痛苦有一种雕塑般的凝聚之效:"石像""一刹那间照见过往的一切","又于一刹那间将一切并合"。鲁迅的标题来自第三处"石像"之喻:"她那伟大如石像,然而已经荒废的,颓败的身躯的全面都颤动了。"换言之,"石像"这一比喻,堪称上述几百字描写的核心。如果将这些文字仔细对照罗丹的雕塑,二者的确有神似感。由线条、色彩、光影和凹凸合力而成的雕塑,常常给人一种"颤动"的错觉。葛赛尔如此描述罗丹《老娼妇》:"皮肤紧附在瘦骨嶙峋的躯壳上,似乎全体的枯骨在震撼、战栗、枯索下去。"①鲁迅用"无词的言语""沉默尽绝"等词描述陷入极端情绪中的女主人公,也有这种雕塑感。罗丹这般给葛赛尔描述凯旋门脚柱的一个女性雕像:"我们真像听到她的狂热的呼喊,如欲震破我们的耳鼓一般。"②这不就是"无词的言语"吗? 逐字细看《颓败线的颤动》,愈发见出鲁迅此间的表达,深得罗丹雕塑艺术感的启发。板垣鹰穗著《近代美术史潮论》(鲁迅译)一书里论及罗丹时说:"当施行极大胆的象征底表现之际,一定更是伴随着绘画底技巧的高强。"③这句话同样可以当作《颓败线的颤动》的基本特征:文本

---

① [法]罗丹述,葛赛尔记:《罗丹艺术论》,第12—13页。
② [法]罗丹述,葛赛尔记:《罗丹艺术论》,第40页。
③ 北京鲁迅博物馆编:《鲁迅译文全集》第3卷,第368页。

的象征性高度依赖于语言的精细雕塑。

四　余论

以上两方面论述，想说明鲁迅《颓败线的颤动》这样的文本，如何夺胎换骨地成立，进而把近代的"狭邪"主题革新为关于"人"的启蒙主题。当然，中国人讲到妓女，难逃"狭邪"腔调，敏锐自省如鲁迅者，也偶尔受这种"惯性"影响。由此亦可见近现代之间的某种"延续"。

虽然受到阿尔志跋绥夫的小说和罗丹雕塑的启发，但《颓败线的颤动》对它们有明显的扬弃。鲁迅作品中的妓女，同时也是母亲。出卖肉体的妓女、天然寄爱于子女的母亲、忘却母爱的子女，三种角色之间的撕扯，让这篇散文诗具有了不一样的语义空间。在阿尔志跋绥夫《幸福》中，妓女的对过路男人的乞求，是近乎动物本能的，得到钱后的"幸福"也如此；男人付钱毒打一位孱弱的老妓女，也仅获得一种邪恶的快感，而不是"幸福"。文学史家米尔斯基认为："阿尔志跋绥夫的小说无论长短均为倾向小说，其倾向始终不变，即展示人类生活之枉然，人为文明之不真实……"①《颓败线的颤动》中也有"枉然"（妓女母亲付出的枉然），也有"人为文明之不真实"（子女对母亲的痛苦与牺牲的漠

① ［俄］德·斯·米尔斯基：《俄国文学史》，刘文飞译，商务印书馆2020年版，第528页。

然),但本能式母爱的"枉然",导致的女主人公之痛苦,却是一种"文明"的痛苦,背后是关于母爱、人伦的反思。按鲁迅的话说,女主人公是扛着"黑暗的闸门"的牺牲者,有某种崇高感,这迥然异于《幸福》中主人公人性的全然"颓败"。

关于罗丹的青铜雕塑《老娼妇》,在葛赛尔与罗丹对话中,提及一具藏于佛罗伦萨的中世纪雕塑:堕落女子 St Madeleine 受基督感化,拖着丑陋的、毁坏的身体,希望通过苦修获神救赎。罗丹给葛赛尔举了许多相似类型的文学或绘画形象:从委拉斯开兹画里的侏儒,米勒画里痛苦的农人,波德莱尔笔下的腐尸,莎士比亚笔下的伊阿古或查理三世,到莱辛剧中的 Neron 与 Narcisse。[①] 换言之,罗丹思考的,是人的丑陋、颓废、堕落、腐朽与艺术真实及其无限趋近的神性之间的关系,这是西式的艺术主题。在鲁迅这里,却是另一种情形。在鲁迅译过有岛武郎的一篇散文《与幼小者》,其中有一段话与《颓败线的颤动》暗合:

> 时光是骎骎的驰过去。为你们之父的我,那时怎样的映在你们的眼里,这是无从推测的。恐怕也如我现在,嗤笑怜悯那过去的时代一般,你们或许也要嗤笑怜悯我的陈腐的心情。我为你们计;惟愿其如此。你们倘不是毫不顾忌的将我做了踏台,超过了我,进到高的远的地方去,那是错的。[②]

---

① [法]罗丹述,葛赛尔记:《罗丹艺术论》,第15—16页。
② 北京鲁迅博物馆编:《鲁迅译文全集》第2卷,第29页。

《颓败线的颤动》中有两个小孩形象：那个叫饿的女孩和那个对着老妪喊"杀"的小孩，老妪被他们当作"踏台"。就此角度看，全文前半部的主题是母亲自我牺牲去"救孩子"，后半部分主题则是孩子对老人的"杀"。鲁迅对"孩子"主题的思考，或许与有岛武郎等日本现代作家笔下的儿童主题（鲁迅译过他的《与幼小者》和《阿末之死》，也译过其他一些作家论儿童的文章）有关联。关于"对儿童的发现"与日本近代国家制度变革之间的关系，日本批评家柄谷行人的精彩阐发足可参照。① 当然，文学对"儿童的发现"是近代以来西方各国的普遍现象，鲁迅的相关阅读，应该是比较广泛的。比如鲁迅关注的安特莱夫（鲁迅译了他的作品《默》，就是少女主题）、爱罗先珂等俄国作家，都有儿童主题作品。质言之，鲁迅的追问，是借雕塑语言来深化人伦思考，而非对美丑问题的思辨。

综上所述，《颓败线的颤动》的写成，可用鲁迅自己的一句话来描述："他把世上一切不一致的事物聚在一堆，以他自己的模型来使他们织成一致。"②文章多重熔铸而成的过程十分迷人，作家本人通过作品凝定的视野与趣味，也值得深思。由前面的论述，还可以联系《颓败线的颤动》之后鲁迅的一些工作。母亲与孩子的痛苦无助，老妇人的"无声"呼号等，令人想到鲁迅后期热衷选编出版的珂勒惠支的版画。鲁迅选编的珂勒惠支版画集

① ［日］柄谷行人：《日本现代文学的起源》，赵京华译，生活·读书·新知三联书店 2019 年版，参阅第 106—128 页。

② 鲁迅：《〈比亚兹来画集〉小引》，《鲁迅全集》第 7 卷，第 356—357 页。

里,好几幅作品是对战争与贫困中的母亲与孩子的表现,比如《穷苦》《面包》等作品;也有一个女人在战争废墟中绝望地举起双手的形象(《反抗》)——《颓败线的颤动》中,痛苦绝望中的老妪,也曾"举两手尽量向天"。目前似无证据表明鲁迅在写《颓败线的颤动》前,曾经见过珂勒惠支的画(鲁迅1930年开始搜集购买珂勒惠支画册,编成《珂勒惠支版画选集》是1936年),①我们却可以通过《颓败线的颤动》的主题和描写,来理解鲁迅与珂勒惠支版画里的共鸣。

---

① 鲁迅博物馆编:《鲁迅编印版画全集》第2卷,译林出版社2019年版,相关作品见第96、72、108页。

现代"意义"的建构与变迁
—— 对朱自清诗学的一种理解

一 "从现代兴趣开场伸展到历史的……"

在 1930 年代的北平文艺圈,"意义"成了一个特别的概念。后来以藏学研究著称的李安宅,在 1934 年出版了一本颇为独特的书,名为《意义学》,集中介绍了英国新批评派学者提出的语义学(semantics)理论。该书由英国新批评派的重要理论家瑞恰慈(Ivor Armstrong Richards)作序,李氏编撰此书,也缘于瑞恰慈的激发,瑞恰慈 1930 年前后曾在清华短期任教,其学说在清华为中心的人文知识分子中产生了较大影响。

1930 年代的朱自清,已任教于清华数年,并于 1931 年到 1932 年间在欧洲(多数时间在英国)游学,对欧洲人文学术多有接触。① 正是在三十年代前期,他开始受"意义学"的启发。他

① 朱乔森编:《朱自清全集》(第九卷),江苏教育出版社 1990 年,参阅 1931—1932 年旅欧期间的日记部分,第 36—183 页。

的文章里,就直接援引过李安宅《意义学》中的相关论述。^① 从1930 年代中期开始的论著里,他多次提及新批评代表人物瑞恰慈、燕卜逊(Empson),尤其对"意义学"申说不断。^② 比如,在1936 年发表的《诗多义举例》一文中,他说:"去年暑假,读英国 Empson 的《多义七式》(*Seven Types of Ambiguity*),觉着他的分析法很好,可以试用于中国旧诗。"^③在 1946 年发表的《语文学常谈》里,他专门区分了意义学与训诂学的区别,并提及瑞恰慈和奥格登(C. K. Ogden):"训诂学虽然从字义的历史下手,……但是形态也罢,语音也罢,训诂也罢,文法也罢,都是从历史的兴趣开场,或早或迟渐渐伸展到现代;从现代的兴趣开场伸展到历史的,似乎只有意义学。""意义学这个名词是李安宅先生新创的,他用来表示英国人瑞恰慈和奥格登一派的学说。他们说语言文字是多义的。每句话有几层意思,叫多义。……瑞恰慈也正是从研究现代诗而悟到多义的作用,他说语言文字的意义有四层:一是文义,就是字面的意思。二是情感,就是梁启超先生说的'笔锋常带情感'的情感。三是口气,好比公文里上行平行下行的口气。四是用意,一是一,二是二是一种用意,指桑骂槐,言在此而意在彼,又是一种用意。他从现代诗下手,是

---

① 蔡清富、朱金顺、孙可中编选:《朱自清选集》(第三卷),河北教育出版社1989 年版,第 334 页。

② 有研究者已经考察过朱自清诗学研究与批评与瑞恰兹的理论的关系,参阅刘佳慧《朱自清的诗歌批评对瑞恰慈语义学的接受和转化》,《中国现代文学研究丛刊》2018 年 03 期。

③ 《朱自清选集》(第三卷),第 335 页。

因为现代诗号称难懂,而难懂的缘故就是因为一般读者不能辨别这四层意义,不明白语言文字是多义的。"①类似的意思,在1948年的《论意义》一文里也讲过。②可以说,"意义学"的思路,贯穿了朱自清的众多学术批评写作。

为何朱自清对新批评派的"意义学"产生持久的兴趣?英国哲学家波普尔(Karl Popper)的话,或能对我们有启发:"理解一种理论,意味着把它理解为解决某个问题的尝试。"③而朱自清们面临的问题,恰如瑞恰慈在给《意义学》写的序文里期待的:"倘若中国语言底结构当真影响了中国思想的话,则有很重要的事候着相当的中国人去作。"④的确,重新理解汉语的表达结构,进而重构中国思想的容量和质地,是现代中国知识分子迫切的任务。而该任务又与启蒙大众密切相关,李安宅在1945年版的《意义学》序言里就说,编译此书的原因之一是有感于启蒙大众之艰难,正因为"言者谆谆,而听者渺渺"⑤,才要对汉语的"通货膨胀",即表意的混乱、随便和不足进行反思。宏观上看,朱自清与"意义学"的共鸣,显然与上述现代中国知识分子的"意义"危机有关。按朱自清的话说,"从现代兴趣开场伸展到历史"的"意

① 《朱自清选集》(第三卷),第228页。

② 朱乔森编:《朱自清全集》(第四卷),江苏教育出版社1990年版,第540页。

③ [英]波普尔:《走向进化的知识论》,李本正、范景中译,中国美术学院出版社2015年版,第125页。

④ 李安宅:《意义学》,北京商务印书馆1934年版,第6页。

⑤ 李安宅:《意义学》,1945年版序,见台湾商务印书馆1968年版,第1页。

义"重构,乃五四运动以来中国知识分子的人文与思想写作的重要内容。

朱自清早期写过诗,而散文创作持续时间最长,被称为白话语体的典范。朱光潜曾说:"他的文章简洁精炼不让于古文,而用字确是日常语言所用的字,语句声调也确是日常语言所有的声调。"①1925年从中学转入大学任教后,他渐渐着力于学术研究和文学批评,到1940年代后期,已陆续出版《诗言志辨》《经典常谈》《新诗杂话》等数部特色鲜明的论著。白话新诗和散文创作的体验,较长时间的基础教育工作经历和对国文教学的持久投入,似乎让其学术与批评写作更重视启蒙和普及。而今天看来,对朱自清那代知识人来说,"启蒙"和"普及",即是最具体的"意义"重构工作。朱自清的学术与批评写作,似乎可分大致为两个互为表里的部分:一是阐发新诗的"意义",乃至发明新旧诗的阐释通则;一是对中国古典诗学"意念"乃至传统经典的"意义"重释重构。在1947年发表的一则纪念五四运动的文字里,朱自清说:"这文艺运动清算了过去,把握着现在,认清了现在。"②朱自清的学术与批评写作,正是"清算""把握"和"认清"的具体努力。

二 "意义"与隐喻

在新批评"意义学"的启发下,朱自清在许多谈诗的文章里,

---

① 朱光潜:《朱光潜作品新编》,人民文学出版社2009年版,第36页。
② 《朱自清选集》(第一卷),第606页。

都显示出对"意义分析"的重视。比如在1941年发表的《古诗十九首释》，就是一篇"意义"分析的尝试，朱自清在文中说："只有分析，才可以得到透彻的了解……有时分析起来还是不懂，那是分析得不够细密，或者是知识不够，材料不足；并不是分析这个方法不成。""一般人以为诗只能综合的欣赏，一分析诗就没有了。其实诗是最错综的，最多义的，非得细密的分析功夫，不能捉住它的意旨。"①虽然这篇文章只分析了九首诗，但其阐释文本的方式，显然是一次对"意义学"的实践。在1944年写的《新诗杂话》序言里，朱自清也谈及诗歌"意义"分析的重要："而十五篇中多半在解诗，因为作者相信意义的分析是欣赏的基础。""分析一首诗的意义，得一层层挨着剥起去……"②

意义的分析如何实现？朱自清特别注重对诗歌隐喻的分析（他不同时期说法不同：比喻、譬喻、隐喻等，但意思大抵相同，本文统称隐喻）。聚焦于诗歌语言组织构成逻辑，是新批评的特色之一，而在诗歌语言组织构成逻辑里，隐喻又是非常核心的结构，它是意义产生的重要基础。在三十年代初期谈诗的文章里，朱自清对诗歌隐喻的关注渐增，这几乎与他接受新批评的影响和启发是同步的。③ 朱自清这个时期开始的诗学论述里，一直保持对隐喻的重视，这某种意义上也是朱自清诗学观念成熟的

---

① 《朱自清选集》（第二卷），第355—356页。

② 《朱自清选集》（第二卷），第259—260页。

③ 比如《〈三秋草〉》《〈新诗歌〉月刊》分别发表于1933年5月和7月，都提及隐喻对诗的重要。1935年写的《〈中国新文学大系〉诗集导言》里，也多提及比喻。见《朱自清全集》（第四卷），第309、312页。

开始。正如他在《古诗十九首释》一文里说：“诗是精粹的语言，暗示是它的生命。暗示得从比喻和组织上作工夫，利用读者联想的力量，组织得简约紧凑，似乎断了，实在连着。比喻或用古事成辞，或用眼前景物。典故其实是比喻的一类。这首诗那首诗可以不用典故，但是整个儿的诗是离不开典故的。旧诗如此，新诗也如此；不过新诗爱用外国典故罢了。”①在论及《唐诗三百首》时，朱自清进一步指出，比喻是诗的“生命素”，同时也更细致地分析了比喻的结构：“广义的比喻连典故在内，是诗的主要的生命素；诗的含蓄、诗的多义、诗的暗示力，主要的建筑在广义的比喻上。那些取材于经验和常识的比喻—— 一般所谓比喻只指这些——可以称为事物的比喻，跟历史的比喻、神仙的比喻是鼎足而三。这些比喻（广义，后同）都有三个成分：一、喻依；二、喻体；三、意旨。喻依是作比喻的材料，喻体是被比喻的材料，意旨是比喻的用意所在。”在朱自清看来，诗歌创造的核心正在于隐喻的创造：“事物的比喻虽然取材于经验和常识，却得新鲜，才能增强情感的力量；这需要创造的工夫。新鲜还得入情入理，才能让读者消化；这需要雅正的品味。”②

是否有比喻上的创造，也被朱自清用来作为评析白话新诗的尺度。在《新诗的进步》一文里，他这样评价白话诗人：“他们的奇丽的譬喻——即使不全是新创的——也增富了我们的语

---

① 《朱自清选集》（第三卷），第 367 页。

② 《〈唐诗三百首〉指导大概》，《朱自清选集》第三卷，第 142—143 页。

言。徐志摩、闻一多两位先生是代表。……比喻是他们的生命；但是'远取譬'而不是'近取譬'。所谓远近不指比喻的材料而指比喻的方法；他们能在普通人以为不同的事物中间看出同来。他们发见事物间的新关系，而且用最经济的方法将这关系组织成诗；所谓'最经济的'就是将一些联络的字句省掉，让读者运用自己的想象力搭起桥来。没有看惯的只觉得一盘散沙，但实在不是沙，是有机体。"在论及写"乡村生活实相"的诗时，他注意到年轻诗人臧克家的优点："他知道节省文字，运用比喻，以暗示代替说明。"①因此诗歌创造之核心在于新鲜的譬喻发明，因此他在《解诗》一文里说："诗人的譬喻要新创，至少变故为新，组织也总要新，要变。"②

朱自清也常以隐喻的角度来批评一些诗歌作品和现象。比如，在1943年《诗与哲理》一文里，朱自清指出了胡适的诗的不足："胡先生所提倡的'具体的写法'固然指出一条好路，可是他的诗里所用具体的譬喻似乎太明白，譬喻和理分成两橛，不能打成一片；因此，缺乏暗示的力量，看起来好像是为了那理硬找一套譬喻配上去似的。"③在1943—1944年的《译诗》一文里，朱自清从隐喻的角度，指出旧体诗写作中隐喻创造的狭窄和不自由："由于文字的解放和翻译的启示，新诗里创造隐喻比旧诗词曲都自由得多。顾随先生曾努力在词里创造隐喻，也使人一新耳目，

---

① 《朱自清选集》（第二卷），第262—263页。
② 《朱自清选集》（第二卷），第264页。
③ 《朱自清选集》（第二卷），第273—274页。

但词体究竟狭窄，我们需要更大的自由，我们需要新诗，需要更多的新的隐喻，这种新鲜的隐喻正如梁先生所引的雪莱的诗里说的，是磨砺人们钝质的砥石。"①面对汉语新诗在可朗诵性上的不足，朱自清在1931年《论中国诗的出路》一文里说"是因为新诗没有完成格律和音节……是轻重音代替了平仄音"②。而到了1943—1944年写的《诗的朗诵》一文里，他改从隐喻的角度为新诗辩护："……至于新诗里的隐喻常是创造的，上口自然不易。……可是这种隐喻的发展也是诗的生长的主要的成分，所谓'形象化'。……旧日各种诗体里也有这个，不过也许没有新诗里多；而且，那些比较凝定的诗体可以掩藏新创的隐喻，使它得到平衡。所以我们得靠朗读熟悉这种表现，读惯了就可以上口了。"③

综上观之，朱自清对诗歌意义的分析，多体现为对隐喻为核心的语言组织的讨论，而他对现代新诗写作的期待，也体现为对隐喻创造的呼唤。白话新诗的意义，正在于对经验的新的隐喻综合。而新的隐喻，必然孕育新的"意义"。

三 "意义"与新的知识秩序

上述诗学方法，与朱自清同时期对古典诗学乃至"经典"梳

---

① 《朱自清选集》（第二卷），第307页。
② 《朱自清选集》（第二卷），第444页。
③ 《朱自清选集》（第二卷），第322页。

理重释，也有某种逻辑暗合。诗歌隐喻缘于词语相反相成的纵横编织，白话新诗的重要意义，是用白话文及其对应的新事物发明新的隐喻；而在现代情境里，在现代世界的知识"平面"上，也需要将古典诗学乃至文化传统纳入新的知识秩序。朱自清在下列两方面做了有益的尝试。

首先是对古典诗学观念的重现辨认与组织。在 1947 年出版的《诗言志辨》的序言里，朱自清提出，随着近代以来文学批评（朱自清也称之为"诗文评"）地位的提升和独立，文学学者需要的工作之一，是"寻出各个批评的意念如何发生，如何演变——寻出它们的史迹"。朱自清说的"意念"，其实就是今天常说的"核心观念"或"关键词"，他列举的重要"意念"有"修辞立其诚""诗无邪""神""气"等，他认为"这些才是我们的诗文评"的源头。① 朱自清此书，从诗言志、比兴、诗教和正变等入手，他想从朴学意义上还原它们发生演变的基本状况——这实乃重释古典诗学之"意义"的基础。正如朱光潜 1948 年的书评里注意到的："二千余年来欧洲文艺批评家的思想就抱着这几个中心问题打转。懂得了这些中心观念的来踪去向，其他的一切相关问题自然迎刃而解。佩弦先生看清了这个道理，在中国诗论里抓住了四大中心观念来纵横解剖，厘清脉络。"②事实上，朱自清此书的思路，与新批评派有相似点。新批评派学者的论著，也集中在一

① 《朱自清选集》（第二卷），第 103—104 页。
② 朱光潜：《朱光潜作品新编》，第 204 页。

些基本的文本特征上,比如源自亚里士多德《诗学》的"冲突",以及反讽、悖论等关乎文本意义生成的诗学观念,只是各有不同切入方式。

与古典诗学观念的辨认和组织呼应的,是古典知识体系的"重构"。在1946年出版的《经典常谈》的序言里,朱自清说,"本书所谓经典是广义的用法,包括群经、先秦诸子、几种史书,一些集部,要读懂这些书,特别是经、子,得懂'小学',就是文字学,所以《说文解字》等书也是经典的一部分"。这个今天看似平常的表述背后,其实是发扬了近代以来许多学者以现代观念重构中国古典知识系统的思路。比如梁启超论"中国美文的历史",王国维对宋元戏曲和红楼梦的价值重估,胡适《中国哲学史大纲》里对先秦诸子百家的"去经学化"的态度等。在中西文明交汇的"意义"混杂的时代,如何在现代知识体系里重新安排本国文明传统的位置,是现代知识分子念兹在兹的事。在序文末段,朱自清特别批评了将古典知识混称为"国学"的笼统之病,重申了"经典"的新义。[1] 这本小书的内容与排序,自然也是上述观念的体现:从《说文》开始,介绍先秦到两汉的重要典籍,最后以"辞赋""诗第""文第"收尾。从前等级化的"经史子集",已服从于新的启蒙知识秩序。启蒙的特征之一就是祛魅,其对象在欧洲是以神学为中心的知识制度;在现代中国,则是以经学为中心的知识制度。重估古典的"意义",第一步是将它们归入"广义经典"的

---

① 《朱自清选集》(第二卷),第3—5页。

序列。

正如朱自清所意识到的:白话新诗的意义在于隐喻创造,以新隐喻组织现代经验,进而形成新的诗性;在现代知识序列里,在启蒙语境下,古典诗学的核心"意念"和传统文明的基本经典,都需要与更多元的"意念"和更广阔的"经典"相遇,成为新的"意义"的构成部分。

四 "意义"的新尺度

无论是对诗歌隐喻的"意义"论析,对白话新诗拓展"隐喻"空间的期许,还是对"经典"的重释,都是对古典中国语码/"意义"的重构,都是改变语言的工作。但对朱自清和现代中国知识分子而言,在改变语言与改变世界之间,后者越来越迫切。置身四十年代的中国,实在有太多外在的力量在改变朱自清们的"意义"获取路径。尤其到四十年代,抗战渐渐接近胜利,对现状和当局的不满,对一个新的中国的期待,让"平民""人民""民主""民间"等关键词在朱自清和许多知识分子笔下大面积出现,对建立一个惠及大多数人的新国家的热切期待,成为知识分子们最关切的主题。换言之,此前需要通过语言探究来建构的"意义",被这一集体性的主题充实:"诗人是时代的前驱,他有义务先创造一个新中国在他的诗里。"①此时,朱自清与许多知识分

① 《朱自清全集》(第四卷),第359页。

子一样,认为诗歌对语言隐喻的追求,应让位于"人民"启蒙和重建国家的需要。1947 年写的《今天的诗》一文里的段话,显示出他隐喻观的调整:

> "我们"替代了"我","我们"的语言也替代了"我"的语言。传统的诗人要创造自己的语言,用奇幻的联想创造比喻或形象,用复杂的而曲折的组织传情达意,结果是了解和欣赏诗的越来越少。所以现在的诗的语言第一是要回到朴素,回到自然。……总而言之,诗是一种说话,照着嘴里说得出的,……新鲜的形象还是要的,经济的组织也还是要的,不然就容易成为庸俗散漫的东西。但要以自己的说话做标准。①

在这段话里,首先,朱自清认为白话口语是新诗必须坚持的原则,这似乎是五四以来他一直坚持的观点;但值得注意的是,朱自清强调这个原则,并非为新诗写作本身的改进,而是为了使诗歌更好地行使启蒙功能。即使是奇幻的联想创造的比喻或形象,也得顾及"平民"的了解和欣赏,否则就该被摒弃。在《标准与尺度》一文里,朱自清讲到现代中国的文学"尺度"的变化时也认为,文学应为启蒙大众和建立新的国家调整"尺度"。在《诗与建国》一文里,朱自清谈及西方的史诗时,表达了相似立场,他相

---

① 《朱自清全集》(第四卷),第 504—505 页。

信"将来会有歌颂这种英雄的现代史诗出现",也指出"我们迫切需要建国的歌手"。① 质言之,在新的现实情境下,诗歌可以简化为某个外在主题的修辞实现手段,它探索和开拓语言疆土的功能,可以凭反启蒙/复杂难懂的理由被废黜。

在新批评诸家笔下,诗歌作为隐喻性文本,其中包含的"冲突""悖论""反讽"等言语机制,是文本意义的发动机。不同批评家对这种冲突与平衡的命名和阐释路径有别,但早期新批评诸家的一个共同认知是:文本意义的混乱、晦涩或隐喻性,是作为文本对应的社会历史和生活世界的象征和缩影,因此对于文本意义迷宫的探索和阐释,就是对人类困境的探索。为何要在文学作品中探求意义? 据英国文学批评家伊格尔顿的归纳,文学在英国新批评诸家这里被赋予如此高的社会历史价值,是因为近代以来基督教式微,理性主义和工业化至上,文学尤其是诗歌,被许多人文学者作为宗教的替代品。② 这与自浪漫主义开始以来,强调文学的神秘乃至神性,是一脉相承的。而新批评理论的重要渊源,就是浪漫主义诗人柯勒律治。浪漫主义诗学推崇的想象力,强调诗歌通过想象力发现不同事物之间的隐喻关联,由此形成特殊的语言意义,以此抵抗理性的清晰和贫瘠。简言之,新批评诸家对文学"意义"的探求和阐释,初始目的是质疑甚至颠覆各种被理性主义化的历史和现实。朱自清《译诗》一文

---

① 《朱自清全集》(第二卷),第 351 页。

② 〔英〕特雷·伊格尔顿(Terry Eagleton):《二十世纪西方文学理论》,伍晓明译,陕西师范大学出版社 1986 年版,第 28—29 页。

引述马雅可夫斯基的诗时,他注意到文学"隐喻"的这层特殊作用:

> 据苏联现代文学史里说,这是玛耶可夫斯基在"解释着隐喻方法的使命"。他们说:"隐喻已经不是为了以自己的新奇来战胜读者而被注意的,而是为了用极度的具体性与意味性来揭露意义与现象的内容而被注意的。"(以上均见苏凡译《玛耶可夫斯基的作诗法》,《中苏文化》八卷五期)这里隐喻的重要超乎"新奇"而在另一个角度里显现。[①]

引文里对马雅可夫斯基的描述,虽不够详尽,但其基本逻辑无疑来自浪漫主义诗学:诗歌作为隐喻性文本,以特殊方式来"揭露"世界"意义"和"现象",而不信任现成的"意义"和"现象"。马雅可夫斯基作为浪漫主义诗学的践行者,其自杀的原因复杂,但原因之一肯定是,在隐喻揭露的"意义与现象",与被规定的"现实"之间,产生了难以调和的分歧。当诗人发现隐喻创造的意义,不能高于或修正现实,而是必须听命于某种更强悍甚至独断的现实时,他就像飞行的伊卡洛斯,在高天遭遇烈日之箭。抗日战争胜利后的几年里,许多迹象显示,在朱自清和许多知识分子心目中,知识分子个体的"意义"探索、隐喻创造,与集体的家国愿望之间,几乎是一致的,前者可以服务甚至服从于后者。对

---

① 《朱自清选集》(第二卷),第307页。

遭受百年侵略和落后之苦的中国人来说，这完全是一种可理解的情感和宿命。伴随知识界"平民立场"转向的，是知识界"自由主义传统对成王败寇的中国政治文化传统的反抗"受挫。① 朱自清1948年的不幸去世，也让他"幸运"地避开了知识分子主动或被动放弃"意义"探索和隐喻创造后，遭遇的巨大苦难和浩劫。而对中国知识分子来说，个体化的"意义"建构或隐喻创造，如何与历史政治话语形成互惠互助而又彼此独立的关系，依然需要继续探索。重读朱自清的学术和诗学著述，最后涌上心头的，是这个既属于诗学，也关乎历史与现实的问题。

---

① ［澳］冯兆基：《寻求中国民主》，刘悦斌、徐硙译，江苏人民出版社2012年版，第260页。

友人曾来否?

——卞之琳《距离的组织》讲稿

一

　　现代中国文学史上,有不少作家很年轻就写出自己最好的作品,诗人卞之琳算一个。《距离的组织》是卞之琳的名作,写于1935年初,这一年作者刚25岁,从北大英文系毕业不到两年。他曾受教于新月诗人前辈,却很早就确立了自己的风格。这首诗只有十行,几乎是所有现代新诗选的必选篇目。从面世开始,它就被认为是一首"难读"的诗,因此也引起过许多专业读者的阐释兴趣。出现难读的作品,是汉语新诗走向成熟的标志。现代诗的"难读",常被人诟病,但许多好作品之好,就在于它带给阅读的挑战,它们促使读者改进阅读方法。当然,这种改进往往从专业读者开始。放眼文学史,新的文学风格或流派出现,往往会促成新的文学批评方法的诞生,因为现有阅读方法和观念不够用了。

这首诗一遍没读懂很正常,与诗人同时期的朱自清先生,刚开始读时就出现"误差",后来跟作者交流,才纠正了原有看法。① 诗人卞之琳似乎也担心读者读不懂,他一开始给这首诗加了两个注释,到上世纪八十年代,他给这首诗加的注释增加到七条,注释的字数多出正文许多。诗人是担心读者读错或读不懂,还是希望读者像自己所期待的方式去读它?我赞同香港学者张曼仪的判断:"这首诗提示的线索有不足之处,因为作者后来增添的注释已不止于注明典故的出处,而是解说诗行的涵义和作法。"②瑕不掩瑜,张氏的直言,并不减损此诗的魅力。

面对这首诗,读者常感觉不太明白又别有意味。如张曼仪所说:《距离的组织》运用古今典故意象的联系,做时间和空间二度距离的组织,诗人的思绪不容易追踪,尽管如此,诗句所提示着一片灰蒙蒙的意境仿佛印象派的油画,使人不期然受到感染。悠然而兴苍茫之感。"③不容易读懂,但许多行家却很佩服作者的才华。比如现代诗人冯至八十年代曾给卞之琳写了一首短诗:"你组织的时间的空间的距离,/把大宇宙小宇宙不相关的事物/组织得那样美,那样多情/我的空间我不会组织,/只听凭无情岁月给我处理。"(冯至《读〈距离的组织〉——赠之琳》)关于这首诗的谈论,还有很多。简言之,读者搞不清作家的精心设计很常

---

① 朱自清:《新诗杂话》序,广西师范大学出版社 2004 年版,第 2 页。

② 张曼仪:《卞之琳著译研究》,香港大学中文系 1989 年版,第 42 页。

③ 张曼仪编:《卞之琳》,人民文学出版社 1995 年版,第 263 页。

见,所以古人讲知音难求。钟子期和俞伯牙的故事,最后也是个悲剧。从另一个角度讲,每人身上都有不被人理解的部分,人的很多痛苦正来自于无法被人理解,孔子说的人不知而不愠,很难做到,但不被理解的部分,可能也是个体创造的秘密源泉。

读一篇作品,或借助历史语境,或依凭语言本身,最好是二者兼顾。相较古典诗歌,现代诗的相关历史背景和作者信息,一般很容易勾勒出来。例如,仅就《距离的组织》面世时间点,我们可以讲出许多。此前数年,日本军已占领东北,此时正谋求进一步侵占华北,七七事变尚未爆发。国民党政府依然在摇摆,到底先抵抗日本人,还是先围剿共产党。红军则正分批走在从江西出发的长征路上。简言之,此刻的中国,外部危险重重,内部关系微妙。国际环境也十分复杂,法西斯国家四处发动侵略,但西方世界的反法西斯共识还未形成。不少西方知识分子向左转,一些人则成了纳粹的信徒。更多的人,则是惊魂逃命。既然任何人都是历史的一部分,那么这首诗是否沾染了一些当时的历史情绪?我们也可以检索作者这段时间里的情况,并在作者经验与该诗之间建立关联。卞之琳1929年考入北京大学英文系,北大英文系群英荟萃,温源宁、瑞恰慈(I. A. Richards)、毕莲(Miss Bille)、徐志摩等是他的老师,同学中有李广田、何其芳等,后来都是著名文人。知识或文学共同体多大程度上影响了该诗的孕育?

但我们也不能忽略作品作为语言形式的独立性。一首好诗的基本标准应该是,即使离开历史语境的参照,摆脱作者经验的支持，诗意依然成立。比如面对王维的《竹里馆》或李白的《将进酒》，一般读者并不了解具体写作语境，却依然能被感染；比如读《荷马史诗》或《诗经》里的许多片断，即使不知道相关历史和作者信息，读者依然能有共鸣。几年前在英国访学期间，在伦敦Barbican图书馆偶然翻阅一部儿童主题的诗选，开篇选的居然是荷马史诗上部《伊利亚特》中，特洛伊王子赫克托耳与妻子安德洛玛克告别之际，抱抚襁褓之中的幼子那一段，我一下子被打动了。略了解特洛伊战争故事便可知，这个小孩后来被破城的希腊联军从城墙上扔下去摔死；而此时此刻，赫克托耳亲吻着儿子，并向神祈祷，希望儿子长大后像自己一样英勇善战，保家卫国。

二

诗的标题通常会直接关联诗歌的内容。比如周作人《小河》、郭沫若《女神》、闻一多《死水》、徐志摩《再别康桥》、戴望舒《雨巷》、穆旦《野兽》或北岛《回答》都大抵如此。但卞之琳这首诗的题目，代表另一种相对少见的标题风格，它似乎更倾向于告诉读者诗人的写作方法。"距离"有多重义旨：空间、时间、情感、认知等等，作者没坦言是哪种距离。他只说这首诗是对"距离"进行"组织"。"距离"可视为叠韵词，"组织"则是双声词，字形和词态都蕴含特别的匠心。"组织"在此可作动词理解，也可以直接是名词，重心不同：各种"距离"作为诗歌元件被诗人"组织"起来，这是强调过程；一首诗写完，成为一个"组织"，则强调结果。

诗里明显可见各种"距离"。比如第一行里写到的"罗马"是历史概念，第二行里写到的罗马灭亡星，则是一个时空交织的概念。接着写到了报纸——网络时代来临之前，报纸是日常生活中的重要构成。报纸讲述读者不在现场的事，也与远方有关。接下来的地图、远人、风景等，都跟空间有关。还有一些词跟梦境相关，比如"灰色的天""灰色的海""灰色的路""一千重门""盆舟"等。总之，诗的主要构成要素都跟"距离"有关，当然，"距离"牵连着情感与认知，它们一起被诗人"组织"到一首诗里。另需要注意的是，这首诗虽然充满日常的、个人化的内容，但并不是"经验"的简单"复制"。并没有现成的新奇故事或细节等待作家来写，"虚构"或者如卞之琳说的"组织"，是文学创作的本质特征。记得法国现代小说家马塞尔·埃梅有篇小说，写一个人每到晚上八点就变成女的，次日早晨八点，又变回男人。不幸的是，他有一次变成女的时候，不小心怀孕了。这是纯想象的故事，源于作家对人类性别感觉的奇思妙想。对写作而言，剧作家梅林特克说过："我们面前出现的不再是生活的一个狂暴和特殊的时刻，而是生活本身。"[①]文学是对生活的揭示和虚构，即使有所谓特殊时刻，也隐藏在日常的风平浪静里，等待词语的组织。《文心雕龙》里有个很棒的词"秘响旁通"，杰出的词语组织，会让

---

① 梅林特克:《日常生活中的悲剧》，见《外国现代剧作家论剧作》，中国社会科学院外国文学研究所外国文学研究资料丛刊编辑委员会编，中国社会科学出版社 1982 年版，第 37—38 页。

语言形成独特的音响形象，让语言激动起意义的纹理与旋涡。卞之琳这首诗里，有诗人刻意营造的某种语态、情绪和意义漩涡，即诗人发明出的语言形象，它已不再是胡适意义上的"白话"诗。

三

"想独上高楼读一遍《罗马衰亡史》"这句诗里，有几个关键词。"想"是心动，但不一定是行动。"独上高楼"，是对古典诗文中的经典姿势的模仿。在座许多是浙江籍同学，大家肯定知道金华著名的八咏楼。它跟沈约、李清照两个大诗人有关。沈约到这里做官，组织建造了这座楼，并在上面题写了许多诗。其中有这样的诗句："水流本三派，台高乃四临。上有离群客，客有慕归心。"中国古典诗里，有大量这种写宦游愁绪的登高主题诗。陈子昂《登幽州台歌》写登高之际的万古愁；王昌龄《闺怨》写一个少妇，春天打扮得漂漂亮亮，登楼游乐，忽然因看见路边发芽的杨柳（杨柳令人想起送别）而意识到青春易逝，于是开始后悔支持丈夫为谋取功业而外出打仗。登楼也有高兴的时候，像范仲淹《岳阳楼记》里总结的，待到春和景明之时，"登斯楼也，则有心旷神怡，宠辱偕忘，把酒临风，其喜洋洋者矣"。但人生不如意者十有八九，登高之诗亦颓然者多。

卞之琳写此诗时是什么心情？我们从"罗马衰亡史"这个关键词开始讲。《罗马衰亡史》是一部闻名遐迩的西方历史学名著，英

文原名为 *The History of the Decline and Fall of the Roman Empire*，现在一般译为《罗马帝国衰亡史》，作者是十八世纪英国历史学家爱德华·吉本(1737—1794)。该书内容涵盖从公元前98年到公元1590年的东西罗马帝国史，涉及早期基督教和成为帝国国教的基督教，关联了整个欧洲的相关历史。这部历史书以近代启蒙理性的历史观代替了之前占据统治地位的神学史观，采用了当时许多考古学和博物学的新成果，因此在欧洲产生了深远的影响。比如其中有个非常有名的例子。据《圣经新约·马太福音》(27:45)所言，耶稣遇难时，整个大地黑暗了三个小时："从午正到申初，遍地都黑暗了。"吉本在《罗马帝国衰亡史》第一卷里指出，如果此日整个大地都黑暗了三个小时，当时人应该有科学记载才对："这件事发生在塞涅卡和老普林尼在世的时候，他们一定经历过这一奇异事件，或很快便得到关于这事的信息。这两位哲学家都曾在他们苦心经营的著作中，记录不倦好奇心所能收集到的一切重大自然现象，如地震、流星、彗星和日蚀、月蚀等等，但是他们对于自然世界被创造以来，凡人眼睛所曾亲见最大的奇观，却都略而未谈。"[①]除了观点新颖，这部书也以文采闻名，因此有非常多的读者，包括许多英语诗人。卞之琳毕业于北大英文系，他对英语人文经典显然比较熟悉。当然，在诗歌里植入明显的典故，也是现代英语诗人艾略特在《荒原》中的做法，上世纪三四十年代艾略特的诗

---

① ［英］爱德华·吉本(Edward Gibbon)：《罗马帝国衰亡史》，席代岳译，吉林出版集团有限责任公司2011年版，第408页。

在中国诗人中间很流行,卞之琳也研读过他的作品。为什么选"罗马衰亡史"入诗? 肯定有其整体性考虑。自 1840 年以来,危机中的中国知识分子经常把中国文明与世界其他几大文明古国对比。提到罗马帝国,中国知识分子特别有亲切感,因为中国也是个文明延续时间很长的大帝国,而罗马帝国时期有一句著名的话,叫"永恒的罗马"。罗马公元前九世纪建国,公元前 510 年(相当于中国春秋时期)建立共和国,后来它逐步征服意大利半岛,到公元前 27 年,它占领希腊诸岛和地中海周边的许多地盘,建立罗马帝国。公元 395 年,罗马皇帝狄奥多西一世把帝国分给他的两个儿子,一边是东罗马帝国,一边是西罗马帝国。东罗马帝国,也叫拜占庭帝国。西罗马帝国公元 453 年灭亡,东罗马帝国一直延续至 15 世纪,最后被土耳其人灭掉。欧洲历史上,唯一可以和中国相比较的,只有罗马帝国。近现代中国知识分子读到《罗马衰亡史》这样的书时,难免心有戚戚,悠久强大的罗马帝国就这样被灭掉了,中国是否也会步其后尘? 有了上述解释,再来读这句"想独上高楼读一遍《罗马衰亡史》",就可以知道,诗里不但有诗人个体的颓然,也含有国家民族的忧虑。换言之,卞之琳不想过分地渲染个体的情绪(这是浪漫主义诗歌或青年诗人的通病),而是通过对国家民族的忧虑来让个体的颓然崇高化,这是一种写作策略。

从文本细节与历史语境的关系来解读,固然可以;但从作者的写作与阅读之间的关系看,也另有阐释空间。前面说过,作者写这首诗时才 25 岁,我们可以看到他学习所喜爱的作家的痕迹。在写这首诗不久前,卞之琳翻译过法国诗人马拉美(1842—

1898)22 岁时的一篇小散文《秋天的哀怨》，其中写到了"末日罗马"，这可能对他这首诗里写到《罗马衰亡史》有启发。马拉美在这篇文章里写了妹妹去世带来的哀伤：

自从玛丽亚(马拉美的妹妹——笔者)丢下了我，去了别一个星球——哪一个呢，猎户星，牵牛星，还是你吗，青青的太白星？——我总是珍爱孤独。不知有多少个漫长的日子我挨过了，独自同我的猫儿。我说"独自"，就是说别无有血有肉的生灵，我的猫儿是一个神秘的伴侣，是一个精灵。那么我可以说我挨过了漫长的日子，独自同我的猫儿，也独自同罗马衰亡期的一个末代作家；因为自从玉人儿去世了，真算是又稀奇又古怪，我爱上了的种种，皆可一言以蔽之曰：衰落。所以，一年之中，我偏好的季节，是盛夏已阑，凉秋将至的日子；一日之中，我散步的时间，是太阳快下了，还在淹留，把黄铜色的光线照在灰墙上，把红铜色的光线照在窗玻璃上的一刻儿。对于文学也一样，我灵魂所求，快慰所寄的作品，自然是罗马末日的没落诗篇，只要是它们并不含一点蛮人来时的那股返老还童的气息，也并不口吃的学一点基督教散文初兴时的那种幼稚的拉丁语。[①]

马拉美是法国象征主义诗人。卞之琳很喜欢马拉美，他大学期

① 衣修午德等：《紫罗兰姑娘》，卞之琳编译，中国工人出版社 1995 年版，第 4 页。

间开始翻译他的作品。青年人的心情跟罗马末日的没落诗篇之间，可能有共鸣，所以卞之琳这首诗里，似乎也有点马拉美说的这种"末日"情调。另一位卞之琳喜爱的法国象征主义诗人魏尔伦，也写过不少哀悼罗马帝国的诗行。

下一行是"忽有罗马灭亡星出现在报上"。现代诗人把报纸上的内容写进诗里，很新潮——就像今天把微信写进小说或诗一样。文体与媒介的关系一直很密切，在卢梭、歌德的年代，人们爱写信，因此书信体小说很多。到二十世纪，电话普及也影响了小说的对话形式，比如捷克小说家克里玛的小说《爱情对话》，整篇都是两个人打电话。这句诗传达了一个信息：主人公并没有"独上高楼"去看《罗马衰亡史》，而是在楼下看报纸，并看到一条信息：罗马灭亡星出现。作者的自注可帮我们理解这句诗。罗马灭亡指西罗马帝国的灭亡，在公元五世纪，到1935年，差不多一千五百年。为什么叫罗马灭亡星？因为它是在西罗马帝国灭亡那一年爆炸的，但由于距离地球太远，一千五百年之后，它爆炸发出的光芒才传到地球。诗人把近代以来西方科学对于宇宙的新发现放入诗歌；另一位现代诗人穆旦1939年的《劝友人》也有类似尝试："朋友，天文台上有人用望远镜/正在寻索你千年后的光辉呢。"①中国人讲天下忧和万古愁：目睹人间苦难和不平却没法补救，很忧心；觉察人在宇宙天地间的渺小和无意义，则生发出万古愁。卞之琳这两行诗，第一行写天下忧，第二行写

① 穆旦：《穆旦诗文集》，人民文学出版社2006年版，第1卷，第13页。

万古愁,有趣的对应。这种对应不只在汉语文学里有,而是人类共同感受。比如托尔斯泰在《复活》开篇写道:

　　尽管好几十万人聚集在一块不大的地方,而且千方百计把他们居住的那块土地毁坏得面目全非,尽管他们把石头砸进地里,害得任什么植物都休想长出地面,尽管出土的小草一概清除干净,尽管煤炭和石油燃烧得烟雾弥漫,尽管树木伐光,鸟兽赶尽,可是甚至在这样的城市,春天也仍然是春天。太阳照暖大地,青草在一切没有除根的地方死而复生,不但在林荫路的草地上长出来,甚至从石板的夹缝里往外钻,到处绿油油的。桦树、杨树、稠李树生出发黏的清香树叶,椴树上鼓起一个个正在绽开的花蕾。寒鸦、麻雀、鸽子像每年春天那样已经在欢乐地搭窝,苍蝇让阳光晒暖,沿着墙边嗡嗡地飞。植物也罢,鸟雀也罢,昆虫也罢,儿童也罢,一律兴高采烈。惟独人,成年的大人,却无休无止地欺骗自己而且欺骗别人,折磨自己而且折磨别人。人们认为神圣而重要的并不是这个春天的早晨,也不是上帝为造福众生而赐下的这个世界的美丽,那种使人趋于和平、协调、相爱的美丽;人们认为神圣而重要的却是他们硬想出来借以统治别人的种种办法。①

托尔斯泰的意思是,无论人类如何折腾自己,怎样斤斤计较

_____

① ［俄]托尔斯泰:《复活》,汝龙译,人民文学出版社 1979 年版,第 5 页。

自己的事儿，宇宙自然依然独立自在地有序运行，自外于人间苦乐。陶渊明有句迷人的四言诗，"迈迈时运，穆穆良朝"，讲的几乎是同样意思。迈迈时运，宇宙规律的运转不以人为转移；穆穆良朝，尽管人在天地间渺小到微不足道，但美好的早晨，依然会非常高兴。孟浩然诗《与诸子登岘山》里也有类似意思："人事有代谢，往来成古今。江山留胜迹，我辈复登临。水落鱼梁浅，天寒梦泽深。羊公碑字在，读罢泪沾襟。"诗人与朋友登岘山，见到羊公碑。羊公生前是一位品德高尚，有杰出政绩的贤人，后人勒碑纪念他。面对这块碑，孟浩然很感慨：一方面他仰慕羊公的功业，想到自己无所作为，很是伤感；另一方面他也看到，即使像羊公这样的贤人，他的纪念碑也会随着时间的流逝而埋没荒草，他在历史上的痕迹，最后都会消失，更何况其他人？鲁迅1934年写过一首小诗《无题》，与卞之琳《距离的组织》的写作时间相近，情绪也有点相似："万家墨面没蒿莱，敢有歌吟动地哀。心事浩茫连广宇，于无声处听惊雷。"生灵涂炭，人间悲苦；心事浩茫，则跟卞之琳写罗马灭亡星有相似情绪。中西古今的杰出作品在这点上应是相通的，这差不多也是构成人类基本处境的两个维度。总之，卞之琳这首诗的开始两句里，交织着多重情绪：独上高楼的颓然，交织着家国之忧和宇宙中个体的卑微感……

四

前两行可谓"思接古今"，下一行开始具体化："报纸落，地图开,因想起远人的嘱咐。"诗里写这一组动作很有意味,用字和句法也很值得琢磨。与散文相比,诗的基本编码单位更明显地落实在字上,必须精确,一字不慎,通篇皆死。这句诗看似随意,实则精确,每个字的平仄和开合似乎都有考虑。整句是倒装,前面想读《罗马衰亡史》,却在报纸上看到罗马灭亡星的报道;看报纸时,突然想起远人的嘱咐,所以放下报纸,打开地图寻远人所在。远人是谁? 是男是女,中国的外国的,是什么身份的人? 诗里没讲。由读报纸突然想到远人的嘱咐——看似随意,实际是故意设置的跳跃。现代以来,无论哲学、心理学或文学,都逐渐发现了人内心状态的深邃复杂。文学艺术对现代生活的呈现中,产生了现在已广为人知的意识流手法。意识流最日常的表现,是我们在街上会看到很多人嘟嘟囔囔不知道在说什么,这种自言自语的状态,就是意识流的体现。卞之琳熟悉英法现代文学,比如《尤利西斯》《追忆似水年华》之类的作品。《追忆似水年华》里有块著名的小蛋糕,主人公吃蛋糕时,回忆纷至沓来。卞之琳诗里的"我",由罗马衰亡史,转而在报纸上看到罗马灭亡星,它们在时间和空间上都很远,因为这种远,继而想起了远人的嘱咐,继而看到友人"寄来的风景也暮色苍茫"——作者自注说"寄来的风景"是说寄来的明信片。心绪流动与言语行为浑然一体。也许明信片上的图案就是暮色,暗示天色已暮。

接下括号里这一行"醒来天欲暮,无聊,一访友人吧"。是这首诗最为诡异费解的一行。作者的自注很有意思:"这行是来访友人(即末行的'友人')将来前的内心独白,语调戏拟我国旧戏的台白。"这是后来加的注释。而把这句放在括号里头,是因为诗人想把它从之前的语气里区分出来。据作者自注可知,这在写另一个人。换言之,想独上高楼读一遍《罗马衰亡史》的"我",跟准备一访友人的这个"我",是两个人。这是卞之琳尝试的一种新写法。这两个"我",一个在家里有点郁闷,有点颓然,想起远方的友人;另一个,可能是近处某友人,则也欲一访在家想独上高楼的"我"(令人想起《断章》里"看"的结构)。里头有什么玄机? 关于此我们留到稍后再细说。诗末讲到雪意,与括号这行一起,令人想到《世说新语》里的"雪夜访戴"——在这里两位好友并没有见面。

下一行"灰色的天。灰色的海。灰色的路"里,我们看到主人公——前面四行的那个"我",已经有点进入梦(灰色)的状态了,他梦到自己赶路去寻找远人。所以他说"哪儿了? 我又不会向灯下验一把土"。他在梦里迷路了,却又不会像做巫术的人一样抓一把土就能知道自己在哪儿。作者的注释说:"《大公报·史地周刊》写'夜中驰驱旷野,偶然不辩在什么地方,只消抓一把土向灯一瞧就知道到了哪里了'。"梦,也是另一个"距离"。接下来"忽听得一千重门外有自己的名字",这句可谓微妙、考究。前面讲过,友人要来访问这个做白日梦的人。我们可能有过类似体验,在清醒状态下,听到有人叫自己,不会感觉是一千重;而如果半梦半醒时,有人叫我们,声音似乎感觉从较远地方传来。在梦中,他是在继续行走,"好累啊,我的盆舟没有人戏弄吗?"注释告诉我们,这是《聊斋志异》里讲的白莲教的巫术。诗人故意用穿越时空的典故，因为这是"距离"的"组织"。

最后一行"友人带来了雪意和五点钟"。什么意思？如果友人五点钟来，直接写友人五点钟冒雪来访就好了，诗人故意绕弯，肯定想告诉读者一点儿别的意思。当人专心地做事或沉浸于某种状态，几乎忘记时间，忘记身处何处之际，忽然有朋友出现了，让你从沉浸的状态里回神过来，回到久违的时间里，看到外面正在下雪。这时也许你就会觉得雪意和五点钟，都是友人带来的。当然，这里藏着不确定：从第五行括号里开始出现的"友人"，是真的出现，还是只在主人公梦境和幻觉中出现？诗人这里或许是故意含糊。我猜是沿用了古诗里的一种对话结构，但藏得很深。

五

跟古诗有什么关联？我们借此可以接着讨论上面留下的问题："友人"是否真的来了？先得从《诗经》里一首很有名的诗《风雨》说起：

> 风雨凄凄，鸡鸣喈喈，既见君子，云胡不夷？
> 风雨潇潇，鸡鸣胶胶。既见君子，云胡不瘳？
> 风雨如晦，鸡鸣不已。既见君子，云胡不喜？

关于此诗的解释很有趣。汉代的经学家把这首诗解读得特别政治化:明君渴念贤才,见到贤才很高兴。类似周公"一沐三握发,一饭三吐哺,犹恐失天下之士"(《韩诗外传》卷三)的意思。宋代理学家朱熹《诗经集注》里却说它写私奔。清代有位经学家叫郝懿行,其妻王照圆也很有学识,大概夫妻感情很好,常一起讨论学问。有一次谈到这首诗,王照圆认为,这首诗是写思念友人,友人却未必来过。凄风苦雨之日独自在家,心情不好,鸡在乱叫。就想要是此时好友来访,该是多么好的事儿呀。郝懿行他把妻子的解释,也写到自己的著作里。现代作家周作人看到王照圆的理解,拍案叫绝。周作人的书斋叫苦雨斋,大概跟此诗有关。周作人和他的弟子们非常喜欢这首诗,他们的文章里经常谈到。[①] 显然,陶渊明四言诗《停云》,也是对上述诗作的续写:

　　霭霭停云,濛濛时雨。八表同昏,平路伊阻。

　　静寄东轩,春醪独抚。良朋悠邈,搔首延伫。

　　霭霭停云,下着小雨,八表同昏,与风雨如晦意思一样。道路不通畅,出不了门,朋友也来不了,于是一个人在家里的东边小轩下喝酒。好友在远方,"我"一边喝酒一边挠头,心想,要是朋友在就好了。总之,思友而友不能来,这在古诗里是比较常见的情景。杜甫《月夜》"何时倚虚幌,双照泪痕干"里也用了这种

---

　　① 详情参阅拙著《象征的漂移》第一章,广西师范大学出版社 2015 年版。

假设,只是他假设的是与妻子重逢的场景。李商隐《夜雨寄北》里"何当共剪西窗烛,却话巴山夜雨时"也是这类怀想。君问归期的这个君,大抵也是一个假设,其实未必有人问,但这个设想很美。《风雨》一诗引起过许多近现代知识分子的共鸣,因为"风雨如晦"与现代中国的情境很相似。鲁迅早年的诗《自题小像》、徐悲鸿的画《风雨鸡鸣》等都用了这首诗的典故。卞之琳《距离的组织》诗末出现的这位友人,是不是也像《风雨》或《停云》一样,是一种"设辞"?是梦里的幻觉?我们不能说死,但至少,参照古诗的这一脉络,可帮助我们更丰富地理解这首诗。

隐秀与晦涩:当代诗歌读写困难的一种微观探讨

——以多多《从马放射着闪电的睫毛后面》为例

一

如何判断一首诗的好坏?每个时代,都会对"好"有一些更新和拓展。但丁《神曲·地狱》第26卷中奥德修斯的自白,丁尼生的《尤利西斯》,乔伊斯的《尤利西斯》,分别在他们的时代刷新了荷马《奥德赛》的价值。杜甫一句"无边落木萧萧下"(《登高》),让后人对屈原"洞庭波兮木叶下"(《九歌》)有了新的感知,甚至我们在读瓦雷里笔下的树枝摇动着宇宙时[1],都会重新来品味一番屈原的"木叶"。关于经典诗歌的基本认知标准,在关于它们的反复阐读和拓展中形成;可面对进行中的当代诗歌,我

---

[1] 梁宗岱:《象征主义》,《梁宗岱文集·评论卷》,中央编译出版社/香港天汉图书公司2003年版,第77页。

们却常常缺乏共识性的判断。二十世纪三十年代，现代诗人和翻译家梁宗岱，曾就如何判断诗歌之好，作了非常美妙的比喻性论述：

> 我以为诗底欣赏可以分作几个阶段。一首好的诗最低限度要令我们感到作者底匠心，令我们惊佩他底艺术手腕。再上去便要令我们感到这首诗有存在底必要，是有需要而作的，无论是外界底压迫或激发，或是内心生活底成熟与充溢，换句话说，就是令我们感到它底生命。再上去便是令我们感到它底生命而忘记了——我们可以说埋没了——作者底匠心。如果拿花作比，第一种可以说是纸花；第二种是瓶花，是从作者心灵底树上折下来的；第三种却是一株元气浑全的生花，所谓"出水芙蓉"，我们只看见它底枝叶在风中招展，它底颜色在太阳中辉耀，而看不出栽者底心机与手迹。①

许久以来，我一直十分叹服梁氏的见识与文章。最近读到上面这段话时，同时也偶然读到诗人多多2000年写的《从马放射着闪电的睫毛后面》一诗，对两者都玩味不厌。然而，恕我愚钝，辗转溺思良久，梁氏的妙喻，对我判断该诗的好坏，似没有充分的帮助。于是心生感慨：当代汉语诗歌取得的成绩，面临的困

---

① 梁宗岱：《论诗》，《梁宗岱文集·评论卷》，第26页。

难,即使是现代时期的最好的诗学评价标准,亦常常不够用。当局者迷,研判当代诗歌,似乎需要更体贴的诗学路径。多多这首诗共16行,先引全诗如下:

东升的太阳,照亮马的门齿
我的泪,就含在马的眼眶之内

从马张大的鼻孔中,有我
向火红的庄稼地放松的十五岁

靠在断颈的麦秸上,马
变矮了,马头刚刚举到悲哀的程度

一匹半埋在地下的马
便让旷野显得更为广大

我的头垂在死与鞠躬之间
听马的泪在树林深处大声滴哒

马脑子已溢出蝴蝶
一片金色的麦田望着我

初次相识,马的额头

就和我的额头永远顶在一起

马蹄声,从地心传来

马继续为我寻找尘世……①

首先,细心的读者,肯定能从诗里读到童年记忆与当下经验的混合,读到悲伤的泪水,读到死亡的气息。当然,读者肯定也会遇到巨大的阅读障碍:诗里的核心意象"马",到底有什么特别的寓意? 一首好诗的首要特征,应是修辞与主题上的完成度,即读者借助诗歌语言本身,就能理解它。按法国现代诗人瓦雷里的话说:"它对自己的解释比任何人对它的解释更准确。"②而孟子说的"知人论世",只是一种完美的阐释学假想,因为绝大多数情况下,我们并不知道诗人写一首诗的历史语境和个人初衷;当然也可以说,一首好诗,可能早已摆脱它被写出的语境和初衷而独立存在,甚至诗人本人在诗之外的解说,有时都不可信。在这首诗里,有许多很棒的句子,比如"东升的太阳,照亮马的门齿""马头刚刚举到悲哀的程度""我的头垂在死与鞠躬之间",可谓简约隐要,孤高奇警。但如前所言,我们被"马"给绊住了,因此看不清诗人的"阵法",找不到进入词语迷宫的隐蔽线索。当代诗常常给读者造成此类障碍:读者知道字面意义,却不知道作者到底要写什么。

---

① 多多:《多多的诗》,人民文学出版社 2012 年版,第 78 页。

② [法]瓦雷里:《瓦雷里诗歌全集》,葛雷、梁栋译,中国文学出版社 1996 年版,第 280 页。

二

由多多此诗之"难读",我想起两个诗学理论线索。下面,就先以此展开,来讨论当代诗歌写作常常会面临的一些困难,以及不同诗人的解决途径;完了再回到这首诗歌的解读上。

一是"隐秀",中国古典诗学体系中重要的文学阐释学概念。刘勰《文心雕龙·隐秀第四十》中有一段精辟描述:

> 隐也者,文外之重旨者也;秀也者,篇中之独拔者也。隐以复意为工,秀以卓绝为巧。斯乃旧章之懿绩,才情之嘉会也。夫隐之为体,义主文外,秘响傍通,伏采潜发,譬爻象之变互体,川渎之韫珠玉也。故互体变爻,而化成四象;珠玉潜水,而澜表方圆。始正而末奇,内明而外润,使玩之者无穷,味之者不厌矣。彼波起辞间,是谓之秀。

刘勰在此精美地讲出了好诗的两种文本特征:一是犹如"互体变爻""珠玉潜水"之隐,一是"始正而末奇,内明而外润"的"独拔""卓绝"之秀。近人黄侃的解读十分透彻:"隐以复意为工,而纤旨存乎文外,秀以卓绝为巧,而精语峙乎篇中。故曰:情在辞外曰隐,状溢目前曰秀。"[①]对应多多上面这首诗,我们大致可

---

① 黄侃:《文心雕龙札记》,上海古籍出版社 2011 年版,第 196 页。

说：以"马"为中心展开的诗歌主题乃"隐"，而我上面所举的那些好诗句，自然是"秀"。当然，在刘勰这里，"隐"作为一种诗的内在运转形态，正如"爻"化为"象"，它最后会生成可以被读者体察的"谜面"，以帮助读者抵达最终之"旨"；反之，则不可称之为"隐"。如此说来，在多多诗里的环绕"马"形成的"隐"，如果没有给我们提供抵达"存乎文外"的"纤旨"之线索，它可能就不属于刘勰意义上的"隐"，如黄侃所说的："若义有阙略，词有省减，或迁其言说，或晦其训故，无当于隐也。"①

由多多笔下的"马"之"无当于隐"，我想到的另一条理论线索，即西方现代诗学，尤其在英美新批评一路经常论及的"晦涩"（ambiguity，汉语学界也会被译成复义、含混、歧义等，与刘勰之"譬爻象之变体"，可作有趣参照）问题。究其源流，这一问题的讨论，或可上溯自德国十八九世纪之交的浪漫派诗人和美学家，他们铸成新神话的目标，要求诗歌语言具有特殊质地；后继者渐达成某种诗学共识：现代诗歌之所以"晦涩"，有着非常的必要性。对此，我们需要由远及近地稍作解释，在德国浪漫派美学家和诗人那里，产生了以诗歌代神话的设想，比如施勒格尔说：

我们的诗，我断言，缺少一个犹如神话之于古人那样的中心，现代诗在许多本质的问题上都逊于古代诗，而这一切本质的东西都可以归结为一句话，这就是，因为我们没有神

---

① 黄侃：《文心雕龙札记》，第196页。

话。但是，我补充一句，我们几乎快要获得一个神话了，或者毋宁说，我们应当严肃地共同努力，以创造出一个神话来，这一时刻已经来临。[①]

顺着这个思路，在稍后许多19世纪欧洲诗人作家和批评家那里，文学尤其是诗歌代宗教的想法，也被提出来——19世纪的欧洲文化精英陆续感觉到神话/宗教衰落带来的问题。诗歌被作为新神话或新的宗教，其基本功能就是通过语言的发明，重新把被近代理性科学、工业发明分离开的人与世界、事物与神性之间的关系恢复——这是从前神话或宗教的重要功能。因此，解释诗歌，就像解释神话或宗教一样。希腊传统里的赫尔墨斯和希伯来传统里的《圣经》解释学，都是后世诗歌解释学的根源：对神意的阐释和传达，到德国浪漫派和早期新批评这里，被替换为对诗歌奥义的阐释和传达。在神"缺在"的时代，诗歌被作为一种神话/神性的替代，其对立面，乃是近代科学理性以及因之而轰轰烈烈展开的工业资本主义社会。诗歌神话/神性之修辞体现，即其内在之"晦涩"。新批评诸家先后对它进行不同的修辞学命名：有机性、悖论、反讽、复义……大致含义都有相像之处，只是借重的资源有差别：比如对结构主义语言学、神话学、心理学等的借用。简言之，"晦涩"以及相关的诗学概念，在欧洲近

---

① ［德］F.施勒格尔：《浪漫派风格——施勒格尔批评文集》，李伯杰译，华夏出版社2005年版，第191页。

代的产生,有着特定诗学语境和文化指涉:诗歌观念与文化、宗教、近代科学、工业化等之间有着复杂关联,直到晚近,才慢慢沦为纯粹的诗歌修辞学。

我们可否也提出这样的设想:多多这首诗中的"难读",如果仅按《文心雕龙》中的普遍诗学尺度"隐"来衡量,可能会错过当代诗歌的某些特殊性;反之,如果将之理解为西方近代诗学中,与诗歌之写作困难与观念革新相关的"晦涩",那么,反而可能会发现它暗含的特殊现实文化困境,以及由此生出的诗学方案。如此一来,这匹难以读懂的"马",它与辞外之旨的关联方式,也许就不能作为"隐"的失败,而是阐释当代诗独特性的一个幽微入口。

三

在分析刘勰关于"隐秀"的论述时,我们跳过了这句话:"斯乃旧章之懿绩,才情之嘉会也。"现在,再回头看这句话。在笔者所见的多家注译本里,几乎都理解为"这是前人文章中的美好成就,作者才情的很好表现"①。但笔者觉得,既然此篇主讲创作问题,可以有一些别解。此句之前刘勰一直讲"隐秀"具体应该表现为什么样儿,他接着也许是说,写作中要达到"隐秀"的境

---

① 笔者参阅过周振甫、牟世金、王运熙、张光年等的注译本,解释基本一致。此处用周振甫译文。见周振甫《文心雕龙今译》,中华书局 1992 年版,第352 页。

界,有两种可能:一是靠"旧章之懿绩",即学习化用前人优秀作品;一是靠"才情之嘉会",即要拼个人天赋与际遇。前者是借古求新,后者是凭空发明,此乃文学创作之两面。我没查阅更多《文心雕龙》注疏和研究文献,如果上述解释勉强可成立的话,我们可以将之转换为汉语诗歌写作的问题:如何续接旧章,如何凭空发明,以臻于"深浅而各奇,秾纤而俱妙"的"隐秀"?

汉语新诗写作要抵达刘勰定义的"隐秀",显然有不同的探索路径。从闻一多、卞之琳到当代诗人如张枣,都常常直接从古典诗歌中采撷各种元素,并取得公认的突破性成就。当代汉语诗歌的"旧章",也应包括对之影响巨大的西方诗歌传统——化用西方文化元素和诗歌典故的当代诗歌佳作已不胜枚举。现代诗人要基于白话汉语发明一个新的诗意逻辑,许多情况下要夺胎换骨地化用古典或西方诗歌传统,比如卞之琳和张枣以"化欧化古"来完成自身的写作。诗人有时也从比较微弱的现代诗传统里寻找支撑,比如诗人张枣化用了鲁迅野草中"好的故事"、闻一多诗里"浑圆"。但这是一个充满矛盾的问题,有时候,现代诗人寻找中西诗歌传统里支撑,可能会有"寄人篱下"之感,觉得不够"现代性"或不够"汉语性"。如何"化","化"到什么程度才算彻底,才能自成机枢,这本身就关乎个人才情和机遇。

比起大部分当代诗人,诗人多多在对中西诗歌传统的态度上,特别小心、特别孤绝,可以说,有着某种往死里整的孤注一掷。仔细读他各个时期的作品,诗思上虽然先后受到茨维塔耶娃、普拉斯、策兰等诗人的影响和启发,却很少看到他直接采用中西文学典故，或与那些著名的诗歌意象直接地展开对话。熟悉当代诗歌的读者都能理解，在诗歌写作中，如果完全拒绝之，可能会造成肤浅的口语化，或者过于个人化的晦涩，多多的许多诗，显然属于后者。比如，他写出这样的诗句："今夜一架冰造的钢琴与金鱼普世的沉思同步/而迟钝的海只知独自高涨"（《今夜我们播种》）①读这样的句子，好像在观赏一座词语搭成的浮桥，却难觅何处桥墩，谁是渡者。而诗人则努力让我们相信，那座浮桥是稳固的，可放心济之。我们不能说多多式的写作路径会导致诗歌更坏或更好，却可以说，由此引出了一种独特的写法。一位优秀的诗人，发狠不拿别人一针一线，几乎每个词语的结扣，都要靠"才情之嘉会"来面对词语本身。辛苦造出的诗句，即使开始时难免受到前人启发或影响，也要把它修剪得光溜，这样的写作态度，在当代诗人中自然可称一绝。也许正是这样的态度，导致了多多写作的低产吧。如此说来，《从马放射着闪电的睫毛后面》式的"晦涩"，已经天然地包含在诗人选择的诗学方案里头了。

现在，我们可以回到多多的这首诗了。如何写"马"这一形象，当代诗人也各有路数。诗人海子《九月》里写马，会跟马头琴联系一起；诗人陈东东早期成名作《雨中的马》，也将马与乐器联系在一起，但不如海子直接；张枣《入夜》里写发情的马，让人想到尼采所解读的古希腊酒神式的疯狂。简言之，读这些诗，仅凭

① 多多：《多多的诗》，第 77 页。

单首作品，就可以得知马的意旨所在。而我们如果只读多多此诗，就很难揣测诗人为什么如此来写"马"。如果我们相信，作为一位优秀的诗人，多多在写作中已经解决过这一障碍，那么，就得想别的办法，去抵达言外之旨。

四

熟悉多多作品的读者，很容易发现这首诗中的"马"，是他诗里众多"马"意象之一。从上世纪八十年代开始，到本世纪初，多多诗里经常出现"马"。上面说过，多多属于当代诗人中的"低产"者，一个"低产"诗人，为何还不惜笔墨，在许多作品中写"马"？如果统计一下多多诗歌里写"马"的数量和方式，至少可以发现两点：首先，诗人不避讳重复写"马"这一意象；其次，它们大多数指向自己的童年记忆，尤其是指向对父亲的记忆与印象，当然也常常会联系到"文革"等特殊历史时期的场景与形象。比如，在 1991 年这首《我读着》里，他写道：

> 十一月的麦地里我读着我父亲
>
> 我读着他的头发
>
> 他领带的颜色，他的裤线
>
> 还有他的蹄子，被鞋带绊着
>
> 一边溜着冰，一边拉着小提琴
>
> 阴囊紧缩，颈子因过度的理解伸向天空

我读到我父亲是一匹眼睛大大的马

为了节省篇幅,我决定不再把多多写"马"的众多诗句一一列出。诗人为什么不断地重写这一意象,重复这一比喻?我以为,这是一个多多式的抉择。联系上面讲过的"隐秀"与"晦涩"的问题,可以发现,多多不像许多诗人那样,写马,就去借助与马相关的各种文本或典故,而是通过自己写作中的不断重复,强迫这一生造的诗歌喻象成立。这种写法可能极端自信,也自然极端冒险,我将之比喻为"走独木桥"式的写法。它给多多的诗歌带来令人费解,甚至脆薄的一面,但也给他的诗增添了特殊的卓越气质。因为这种抉择,多多的诗常有一种别开生面的困难。他是一位如此执着地只把语言的推进局限在自身之内的诗人,以致我们读多多超过十五六行的作品,就会替他胆战心惊:如何走完这趟孤身深入的漫长词语行程?在许多较长的诗作中,诗人难免也会从词语的"独木桥"上"踩空掉下来",然后缓口气,甚至换一种步法,再继续往前。而反过来,看多多的短诗歌,十五六行之内的诗,跟看娴熟的花样走钢丝游戏一般,觉得特别过瘾。

这种过"独木桥"式的写法,也可与多多的写作习惯互证。在多多的一些访谈中可以看到,多多是那种极度疯狂地修改自己作品的写作者(他说一首诗常常要写七十遍,可能并不夸张)。每个写作者当然都修改作品,但多多可以说属于福楼拜式的写作者,疯狂地修改,经常把自己的作品修改得不知所终。最后,把能改都改了,不能改的,也改了。成型的作品,每个字都被摸索过无数遍,每处

"多余"的地方，都被削得丝毫不剩。刘师培说得好，"锤炼之极则艰深之文生"①。疯狂的修改一方面可以说是写作癖好，但另一方面，也是"独木桥"上那种极端的不确定感所致。当然，在不确定中，妄想苦功通神，凝定字句，这样的工作，也对诗人充满着诱惑力。

基于前面的论述，我们下面就来逐行细读这首诗。首先，从2000年前后多多的作品（《我梦着》《在一场只留给我们的雾里》等）判断，这首诗，是写他当时去世不久的父亲。这首诗里好几处，都显示出有关死亡的信息。第一节"东升的太阳，照亮马的门齿/我的泪，就含在马的眼眶之内"的头一行，我猜是诗人自己颇为得意的发明，在2008年的一篇名为《诗歌的创造力》中，多多有这样一段话："直视太阳，从照亮太阳的方向，确认它，然后由它合并你，直至一瞬被充满。那个瞬间，拒绝进入后来的时间。"②这段话与上面这节诗，可以形成一种诗人个人意义上的互文。或者说，多多写的就是一个被充满的"瞬间"。东升的太阳，与马的门齿、泪水形成了一种宇宙与个体、无限与精微之间的辩证关系，在许多经典诗篇里，这种关系常常会出现，比如杜甫"楚岫千峰翠，湘潭一叶黄"（《早发湘潭寄杜员外院长》），再比如张枣"一片叶。这宇宙的舌头伸进/窗口"（《云》）③。多多笔下的"太阳"与"马齿""眼泪"之间，含物化光，颜色混同和光线映射的效果非常好。多多诗里的"马"，有

① 刘师培：《汉魏六朝专家文研究》，见《中国中古文学史讲义》，中国人民大学出版社2004年版，第146页。

② 多多：《多多的诗》，第171页。

③ 张枣：《张枣的诗》，人民文学出版社2016年版，第250页。

时是"父亲",有时也是"我"(比如《我读着》《父亲》等诗都可作旁证),在这节里,应是"我"。第二节"从马张大的鼻孔中,有我/向火红的庄稼地放松的十五岁",写父亲弥留之际的形象,令"我"想起红色时代的童年,"张大的鼻孔"作为回忆的"入口",可谓险而巧。第三节"靠在断颈的麦秸上,马/变矮了,马头刚刚举到悲哀的程度",马头,大概是多多很喜欢的形象,在别的诗里多次出现过,大都与恐惧、悲哀、死亡有关(比如《马》《我读着》《死人才有灵魂》里)。这节写父亲死亡的形象与"我"的童年记忆的混融,多多在《诗歌的创造力》里说:"在词的热度之内,年代被搅拌,而每一行,都要求知道它们来自哪一个父亲。"①这句话,可以帮助理解此诗里屡屡出现的这种混融。第四节"一匹半埋在地下的马/便让旷野显得更为广大",写死亡对人类虚无感的唤醒和放大。第五节"我的头垂在死与鞠躬之间/听马的泪在树林深处大声滴哒",写"我"面对父亲死亡的情态,首句十分精彩,"死"与"鞠躬"放在一起,可谓独拔,"马的泪"一行对应第一节,"树林深处"包含了对往事的追忆。第六节、第七节写由死亡唤醒的童年记忆,其中第六节里的"马脑子"在1984年《寿》一诗里也出现过。最后一节写死者与生者之间藕断丝连的关系,与2011年写的《父亲》里"父亲,你已脱离了近处/我仍带着马的面具/在河边饮血……"②可以参照。整首诗读下来,目前情景与往事细节隐晦而高度浓缩地汇合在一起,可谓

---

① 多多:《多多的诗》,第172页。

② 多多:《诺言 多多集 1972—2012》,作家出版社2013年版,第308页。文中涉及多多作品信息未标注者,皆来源于《多多的诗》和《诺言 多多集 1972—2012》。

奇险迭出，句句刀刻。至此，我们虽然没能从"知人论世"的意义上，读出诗人为何喜欢以"马"来写"父亲"，但可以说"读懂"这首诗了，读出了其"隐"其"秀"，及背后的诗学方案的特殊性。

五

尝试解读多多这首不太被读者注意的诗，当然只是本文目标之一。笔者借此想表明的是，在丰富驳杂的当代诗歌写作中，诗人个体的创作方法论相差很大。如果诗歌批评者泰然自若地观察一些优秀诗作蕴含的写作困难和诗学纠结，也许会看到诗人弥补自身写作中一些"明显不足"的"隐蔽"策略，这些策略，可能恰恰是当代诗歌写作万虑聚集的爆发点所在。按梁宗岱先生对好诗三种境界的比喻："纸花""瓶花"和"一株元气浑全的生花"，多多这首诗属于哪一级别的花呢？对当代诗歌来说，这样的判断方式可能收效甚微。如果说从"纸花"到"生花"之间，有无量的渐变的花影，那么多多这样的一首诗，也许就是其中的一个妙影，恰如多多诗里群"马"中的一匹。如果等哪天一朵公认的"生花"出现，诗家把玩品鉴之余，要寻找其前身，也许就会寻找了当代诗中不起眼的某一首，比如多多这首《从马放射着闪电的睫毛后面》。谁敢断然否定，"我的头垂在死与鞠躬之间"这样的诗句，不会成为将来某一首伟大诗歌或某个诗歌流派的隐秘开端呢？在当代诗歌中，这样的开端已然不在少数。

第二辑

"魔王"与漂流瓶

——读张枣《海底被囚的魔王》

一

张枣《海底被囚的魔王》一诗，据德中对照版标记，写于1988 年。这时他已旅居欧洲两年，无论宏观环境，还是个人处境与心态，都与《镜中》《秋天的戏剧》等诗为代表的二十世纪八十年代前期有明显区别。这首短诗在形式和内容上都十分令人沉迷：

海底被囚的魔王

一百年后我又等待一千年;几千年
过去了,海面仍漂泛我无力的诺言

帆船更换了姿态驶向惆怅的海岸

飞鸟一代代衰老了，返回不死的太阳

人的尸首如邪恶的珠宝盘旋下沉
乌贼鱼优哉悠哉，梦着陆地上的明灯

这海底好比一只古代的鼻子
天天嗅着那囚得我变形了的瓶子

看看我的世界吧，这些剪纸，这些贴花
懒洋洋的假东西；哦，让我死吧！

有一天大海晴朗地上下打开，我读到
那个像我的渔夫，我便朝我倾身走来

一眼看去，这首诗在形式上很特别，显然是作者有意经营。首先，句式比较整齐，两行一节。首节两行都是 15 个字；第二、三节两行分别都是 14 字/16 字；第四节两行分别是 12 字/14 字；第五节两行分别是 17 字/15 字；第六节两行都是 16 字。每节内部都完全或不完全地押尾韵，第一节 an，第二节 an/ang，第三节 en/eng，第四节 zi，第五节 a，第六节不押尾韵，但"开"与"来"也押韵。如果仔细读这首诗，就会发现，这首诗里还有更多的押韵。下表对分布在全诗里一些明显同韵字作了统计：

行数	an 韵	ai 韵	ang 韵	ou 韵	i 韵	u 韵	a 韵
1	年、千、年、千、年	百、待		后、又	一、一、几		
2	面、泛、言	海			力	无	
3	帆、船、换、岸	态、海	向、怅	惆	一	不	
4	返	代、衰、太	阳				
5	盘、旋			首		珠	
6		哉、哉	上	悠、游	地	鸟、陆	
7		海、代			子	古	
8	天、天、变			嗅、囚	底、比、一、鼻、子		
9	看、看、剪						吧、花
10	懒		洋、让				假、吧
11	天		朗、上	有	一	读	大、下、打
12	便	来	像	走		夫	

　　按上表统计可发现,除了第6、7行,an韵出现在每一行诗里,有些地方甚至有叠韵。第一节两行诗采用这么多同韵字,读来有声音的魔力。第3行首尾的"帆船"、"换"、"岸"继续呼应第一节的an韵,同时,为了让这一节声音上保持紧密,第3行"怅"字第4行的"阳"押韵。"惆怅"一词,诗人肯定拿捏许久才放在这里。它兼有意义和声音的考虑。除了表格中呈现的,还有第4行中的"鸟"和"老",第9行中些、些、贴等。有这些同韵字的布局,全诗读起来就有特别的声音效果。整首诗以an韵开始,ai韵结束,既有变化,也有呼应。前者在发音时,是舌头与齿龈形成阻碍而完全闭塞,后者则张口发音,更顺畅,这种区别也分

别与诗句的语义对应。

该诗两行一韵的形式也有渊源:西方诗歌诗中类似韵式的作品很多。比如《莎士比亚十四行诗》第一百二十六首(共有一百五十三首)并非十四行,而是两行一韵,共十二行:

O thou, my lovely boy, who in thy <u>power</u>

Dost hold Time's fickle glass, his sickle <u>hour</u>,

Who hast by waning grown, and therein <u>showest</u>

Thy lover's withering, as thy sweet self <u>growest</u>.

If nature, sovereign mistress over <u>wrack</u>,

As thou goest onwards still will pluck thee <u>back</u>,

She keeps thee to this purpose: that her <u>skill</u>

May time disgrace, and wretched minutes <u>kill</u>.

Yet fear her, O thou minion of her <u>pleasure</u>!

She may detain, but not still keep, her <u>treasure</u>:

Her audit, though delayed, answered must <u>be</u>,

And her quietus is to render <u>thee</u>. [1]

① Don Paterson, *Reading Shakespeare's Sonnets* , Published in 2010 by Faber and Faber Ltd ,p. 374.

译文:可爱的孩子呵,你控制了易变的沙漏——/时光老人的小镰刀—— 一个个钟头;/在衰老途中你成长,并由此显出来/爱你的人们在枯萎,而你在盛开!/假如大自然,那统治兴衰的大君主,/见你走一步,就把你拖回一步,/那她守牢你就为了使她的技巧/能贬低时间,能杀死渺小的分秒。/可是你——她的宠儿呵,你也得怕她;/她只能暂留你、不能永保你作宝匣;/她的账不能不算清,虽然延了期,/她的债务要偿清,只有放弃你。(屠岸译)

张枣在讲稿和书信都透露过,他对莎士比亚的十四行诗集钟爱有加,这其中肯定有对诗歌形式完美的恋慕。莎士比亚这首诗有人猜是传抄过程中漏了两行,也有人认为是故意变体,并对此作各种猜测。它的韵式为1122 3344 5566,押尾韵对偶,有点近于英雄双行体(比如乔叟叙事长诗《坎特伯雷故事》),但没那么严格整齐。张枣写《海底被囚的魔王》时,他对欧洲文学尤其是诗歌已经很熟悉。我认为他对这首诗的诗体有深思熟虑,他想找一个与内容匹配的诗歌形式。不一定与莎士比亚有直接关系,但诗人也选择了两行一节,押尾韵对偶的形式。

简单地说,张枣这首诗是以第一人称写了一个自我英雄化的主人公:海底被囚的魔王。魔王被囚在一个瓶里,被挤压得变了形。某个反叛者被一个更强大的王者永久地囚禁或惩罚,是中西文学中比较通行的英雄主题。比如古希腊神话中的普罗米修斯,弥尔顿长诗《失乐园》的力士参孙,中国古代神话文献《山海经》里写的刑天,陶渊明在《读〈山海经〉》里说:"刑天舞干戚,猛志固常在。"当然,还有《西游记》里的被压在五指山下的孙悟空。英雄的基本特征,是他们为了某项宏大事业而受难,他们有着与神俱来的悲剧性和崇高性。如果把整首诗作为图像来看,可以发现,这首诗外形隐约像一个瓶,"顶"和"底"都很整齐,"瓶口"小,"瓶底"略宽。中间几节有些参差,像被挤压变形的瓶肚子。这种文字图像游戏的做法,不光欧洲诗歌或现代汉语诗里有,汉语古诗也很多。诗歌本来就有游戏性的一面,比如陶渊明有首诗叫《止酒》,全诗二十句都有"止"字,意义有分别。"止酒"

有"不喝酒"之意，但诗里却说"平生不止酒，止酒情无喜"，这显然是一种自我解嘲。

二

张枣这首诗的内容有几个要点：海底、魔王、瓶子、等待、渔夫。在张枣之前的作品里，似乎出现过相关形象，比如写于八十年代中期的《十月之水》里有过这样的句子："你已穿上书页般的衣冠/步行在恭敬的瓶型尸首间。"某种意义上，《海底被囚的魔王》可以说是"瓶型尸首"这一形象的扩张与变形。诗中藏着一个《一千零一夜》里的故事，大致内容如下：有个老渔夫，有一天出海打鱼，撒了两次网，都一无所获。第三次，他打上来一个很沉的瓶子，很高兴，料想这瓶子很值钱。他想法把封印的瓶盖弄开，突然一股轻烟从瓶里冒出，越升越高，摇变为一个巨大的人形，并哀求道：所罗门啊，饶了我吧，我以后永远不会做坏事了。渔夫对他说，所罗门时代已经过去一千八百多年了，你到底是谁？那个人哈哈大笑起来，说渔夫啊，我是魔鬼，因为从前和所罗门作对，被幽禁于此，既然你今天救了我，就选择怎么死吧！渔夫说，所罗门把你锁在这瓶里一千多年，我把你救出来，为什么你还要杀我？魔鬼回答说，我被所罗门囚在海里的第一个一百年，我想这一百年里谁救了我，我就给他无数好处。结果一百年过去了，没人来救我；第二个一百年，我想这一百年谁把我救出来，我就把世上藏黄金的地方都告诉他，但还是没人；第三第四个一百年，依然没人。我一生气就发誓，谁要还来救我，我就把他杀了，但他可以选择怎么死。渔夫吓坏了，连忙求饶。魔鬼不答应，渔夫请求说，我不反抗了，但有一个愿望。魔鬼答应了。渔夫说，我很好奇，你这么高大，怎么能在这瓶子里住这么久？魔鬼说这个太简单了，我给你演示一下，魔鬼摇身变回一股轻烟，缩进瓶子里。渔夫眼疾手快，一边盖紧瓶盖，把魔鬼死死关住，一边说："我要把你投到海中。如果说你在海里曾经住过一千八百年，那么这回我非叫你住到世界末日不可。我不是对你说过，你不杀我，真主会宽恕你；你不危害我，真主会帮助你战胜你的仇人吗？你却不听我的劝告，非背信弃义不可。如今真主叫你落在我手里，我就用不着跟你讲信义了。"①

这首诗以上述故事为本事，但有明显改动。首先，一百年一千年都对得上，但张枣后面写到了几千年，而故事里只是一千八百年。为什么诗人没严格按这个时间来写？诗人很可能是续写这个故事。作家有权力续写任何一个故事，当然也可以写前传。张枣的诗《丽达与天鹅》也是对叶芝同题诗的续写。笼统地说，任何一个文本，都有可能潜藏着一个前文本，正如一个人无法遗世独立，一个文本也无法斩断它与其他文本之间的关系。《海底被囚的魔王》也是一种续写："几千年过去了，海面仍漂泛着我无力的诺言"这句向我们暗示了时间，是在被囚的魔王又被渔夫扔进海里之后，他继续在海底等待。当然，对《一千零一夜》原故事

① 参阅纳训译：《一千零一夜》人民文学出版社1994年版，第24—28页。

最大的改动,是改成了魔王的视角,人称也改成"我"。

接着看第二节。什么叫"帆船更换了姿态?"对囚禁于海底一只瓶子里的魔王来说,几百年几千年,时间过得又漫长又迅速。海面上行来驶去的船,就像电影里的快镜头。"惆怅的海岸"呢? 除与下一句押韵之外,它有什么意义? 佛教里常讲苦海无边,回头是岸,当然也讲借智慧可到达彼岸。《维摩诘经》里讲,"不入烦恼大海,则不能得一切智宝。"这里说惆怅,似暗指魔王不能像船那样,随意就能抵达岸边。因为瓶子和"我"在苦海里,无法回头无法靠岸。"飞鸟一代代衰老了"可以理解,"返回不死的太阳"是什么意思? 诗人没直接说飞鸟一代代死了,而是说它们"返回不死的太阳"。相对于生命,太阳是永恒的参照。同时,这也令人想到神话里的天鹅,它们死于空中,是要返回太阳的。在希腊神话里,阿波罗的坐骑是天鹅,印度神话里梵天的坐骑也是天鹅。

第三节第一句有点难解。"人的尸首如邪恶的珠宝盘旋下沉","人"跟"沉"首尾押韵。刚才写鸟回归太阳和天空,现在写尸体沉入海底。海底沉睡着宝物,这种想象和相关故事在西方文化里很常见,尤其进入大航海时代之后。张枣这句也可能关涉莎士比亚戏剧《暴风雨》中的下列诗行:

> 五寻深躺下了你的父亲,
>
> 他的骨头变成了珊瑚;
>
> 变成了珍珠,他的眼睛;

他的一切都没有朽腐，

只是遭受了大海的变易，

化成了富丽、新奇的东西：

海女神时时都给他报丧；

听！我听见了——叮当的钟响。

（卞之琳译）

对于死亡和尸体的浪漫化描写，在莎士比亚之后的许多诗人那里出现得非常多，比如十九世纪英国前拉斐尔派诗人就很喜欢这么写。莎士比亚这段诗，在《荒原》里曾被艾略特化用过。张枣曾非常认真地研习过艾略特的诗，他很可能也是化用这个典故，或者从中得到灵感。一个文本与其他文本总有千丝万缕的关系，等着阐释和发现，这有难度，同时也是阅读的愉悦。"乌贼鱼优哉游哉，梦着陆地上的明灯。"这句字面意思明白，而值得注意的是，"贼"字在汉语里味道特殊，诗人不用鱿鱼、黄花鱼或别的鱼，否则感觉上就不一样，乌贼遇见强敌时，会"喷墨"逃生，乌贼的皮肤里有色素囊，会随"情绪"变化而变色，乌贼也会跃出海面，有惊人的空中飞行能力，总之，乌贼似乎有种幽默感，它缓和了整首诗因感伤而紧绷的情绪。

再看第四节。首先，海底浩瀚无边，诗人把它比喻成鼻子，是以局部代整体的提喻。海底相对海面而言，有一种时间凝固感，所以像一只古代的鼻子。在《一千零一夜》里，魔王是个反叛者或异端，所以他被装在瓶子里。在这首诗里，则是张枣这一代漂泊海外的诗人的隐喻。

继续看第五节。"看看我的世界吧,这些剪纸,这些贴花。懒洋洋的假东西;哦,让我死吧!""我的世界"当然是海底世界,被囚的世界。为什么是剪纸和贴花?这里有些奇怪,似乎脱离了前面的意思。在《一千零一夜》里,写到的相关细节只是说,瓶口用锡封着,锡上打着所罗门的印章。"剪纸"和"贴花"是不是跟印章有关系?还是瓶子里面的图案?猜不透诗人为什么这么写,但这两个形象很有中国特色,像中国民间节日的符号。把剪纸和贴花两个形象说成是"懒洋洋的假东西",似乎是魔王遵循的信念的象征,如果这样猜测有道理,那么它们可能意味着乡愁。还有一种理解方式,"剪纸"和"贴花"作为一种关于纸的手艺,在这里很可能是关于写作本身的隐喻。歌德《浮士德》第一部开篇,浮士德抱怨言说无意义的话,或许是张枣这一表达的来源:"你们的言论尽管妙笔生花,也不过是为人类玩玩剪纸游戏。"(绿原译文)总之,这样的表达,象征着处于困境的诗人对写作本身的质疑:写作能否让写作者摆脱困境呢?张枣另一首诗《吴刚的怨诉》也表达了类似主题:"瞧,地上的情侣搂着情侣,/燕子返回江南,花红草绿。/再暗的夜也有人采芙蓉。/有人动辄就因伤心死去。"

最后一节很奇特。大海清澈地"上下打开",像一面魔镜。也像《聊斋志异》里书生夜读的魔幻感,读着读着书里就有个美人出现。诗人说长得像"我"的渔夫向"我"倾身走来,一个人走向镜子时,会觉得镜里人也向他走来。有个可比较的文学经典桥段，《红楼梦》中刘姥姥进大观园时，闯到林黛玉房间，在梳妆镜里看到自己，以为是亲家母也进大观园来了。这句首先是海底被囚魔王的内心独白。他一直在等待，等了很久很久。帆船更换了姿态，万物生死，鸟儿衰老了，人的尸首像珠宝一样盘旋下沉，海底像一只古代的鼻子一样嗅着，他被压在瓶子里压得变了形。这么多内容，都在写一个痛苦而压抑的海底囚犯。二十世纪是一个知识分子大规模流亡的世纪。流亡自古有之，可上溯到屈原、奥维德这样的诗人，但现代流亡与古典流放还是有区别。中国古代王朝把官员流放到边远之地，但被流放者没有在语言上被完全隔绝。比如李白流放到今天的贵州，但他仍可以写首诗寄给他的朋友，他没有脱离母语。苏东坡被流放到海南岛，没什么语言障碍，他可以继续把诗文寄给朋友。语言或文化的流亡，是二十世纪才普遍出现的现象，二十世纪的一流作家，许多都是流亡者。前苏联先后有一大批作家知识分子甚至科学家，流亡到欧美；二战前到二战期间，为逃避纳粹屠杀，许多犹太知识分子和艺术家，流亡到世界各地。当代以来，中国也有大批知识分子和诗人因为各种原因到了国外。二十世纪的流亡者的相同特征是，他们都离开了母语。张枣这首诗里被囚在海底的感觉，可谓脱离母语环境的隐喻。

从俄国知识分子到中国，这些漂泊在母语之外的人，他们宣称母语就是随身携带的祖国；但也有一个很难受的困境，他们笔下的母语变得无人倾听。所以张枣在结尾写道："有一天大海晴朗地上下打开，我读到那个像我的渔夫。"读到渔夫，也读到他自己。一方面,他在期待被拯救,被另一个像他自己的人拯救。但是《一千零一夜》告诉我们,被拯救也许是一场悲剧:他被救之后,或者会把"另一个我"给杀掉,或者被封回瓶子里扔回海里。亚里士多德在《尼各马可伦理学》里曾说过一句很棒的话:"最好的朋友,事实上就是另一个自己。"在中国文化,最好的朋友叫知己或知音。与此相关,这里被扔在海底的瓶子,也有这方面的特殊寓意:

> 一位航海者在危急关头将一只密封的漂流瓶投进海水,瓶中有他的姓名和他的遭遇的记录。许多年之后,在海滩上漫步的我,发现了沙堆中的瓶子,我读了信,知道了事故发生的日期,知道了遇难者最后的愿望。我有权这样做。我并非偷拆了别人的信。密封在瓶子中的信,就是寄给发现这瓶子的人的。我发现了它。这就意味着,我就是那隐秘的收信人。

> 这些诗句若要抵达接收者,就像一个星球在将自己的光投向另一个星球那样,需要一个天文时间。

> 因此,如果说,某些具体的诗可以是针对具体的人的,那么,作为一个整体的诗歌则永远是朝向一个或远或近总在未来的、未知的接收者,自信的诗人不可以怀疑这样的接收者的存在。只有真实性才能促生另一个真实性。①

---

① 曼德尔施塔姆:《曼德尔施塔姆随笔选》,黄灿然等译,花城出版社 2010年版,第 21、27—28 页。

这是俄国白银时代的伟大诗人曼德尔施塔姆的一段非常有名的话,来自他的文章《论交谈者》。他通过上述比喻提出一个重要的问题:诗人与谁交谈? 一个现代诗人,一个极权笼罩下的诗人,与谁交谈? 一个流亡的诗人,与谁交谈? 一个自信的诗人,一首写得足够好的诗,永远在等待理想的读者。曼德尔施塔姆的这个比喻,感染了许多人,张枣也是他诗歌的热爱者。

我们再回头看张枣的诗句。为什么说"读到"而不是"看到"? 大海晴朗地上下打开,感觉像书页打开一般,跟"读到"对应。刚讲过,这句诗包含的第一层意思,是流亡海外的痛苦的象征,另一层意思,则是一个相信自己写得足够好的诗人,对他这首长得像漂流瓶一样的诗很满意。因此,肯定有一个特别的渔夫,《一千零一夜》里那个渔夫之后的某个渔夫,一个与诗人相像的渔夫,会发现它。所以"大海晴朗地上下打开"的感觉,像是幽闭空间被突破,像碰到知己或另一个我的豁然开朗。

"漂流瓶"观念呼应了张枣推崇的知音观。一首诗像个漂流瓶,带着特别的期盼,肯定有个人会捡到它,打开并读懂它,释放其中囚禁的"魔王"。张枣非常喜欢"知音"这一说法。关于知音故事,有两部中国古籍来源,却有所不同。《列子·汤问》是这么说的:

伯牙善鼓琴,钟子期善听。伯牙鼓琴,志在登高山。钟子期曰:"善哉! 峨峨兮若泰山!"志在流水,钟子期曰:"善哉! 洋洋兮若江河!"伯牙所念,钟子期必得之。

127

伯牙游于泰山之阴，卒逢暴雨，止于岩下；心悲，乃援琴而鼓之。初为霖雨之操，更造崩山之音。曲每奏，钟子期辄穷其趣。伯牙乃舍琴而叹曰："善哉！善哉！子之听夫！志想像犹吾心也。吾于何逃声哉？"

《列子·汤问》里没写结局。而在《吕氏春秋·本味》里多了结局：

伯牙鼓琴，钟子期听之。方鼓琴而志在太山，钟子期曰："善哉乎鼓琴！巍巍乎若太山。"少选之间而志在流水，钟子期又曰："善哉乎鼓琴！汤汤乎若流水。"钟子期死，伯牙破琴绝弦，终身不复鼓琴，以为世无足复为鼓琴者。

《吕氏春秋》强调了知音的悲剧性。刘勰也许是基于这悲剧的结局，才在《文心雕龙·知音》里发出这样的感慨：

知音其难哉！音实难知，知实难逢，逢其知音，千载其一乎。夫古来知音，多贱同而思古，所谓"日进前而不御，遥闻声而相思"也。

刘勰讲了一个很重要的层面：人们都只能读懂那些与自己不同时代的人的作品，"贱同而思古"；对同时代作家则常常看不上，所以一个人很难在自己的时代碰到知音。这可以帮助理解这首诗。前面说过,长得像"我"的渔夫之来有两种结果:要么"我"被救,然后把渔夫杀掉,要么被渔夫重新扔下海。这其中蕴含悲剧性:魔王是流亡者的象征,也是具有独创性却不被理解的写作者的象征,他被压抑在海底,等待着读懂他的人,但那个人与他之间却是这样一种悲剧关系。张枣九十年代接受一家德国电台的采访时,对"知音"有一段描述:

　　我相信对话是一个神话,它比流亡、政治、性别等词儿更有益于我们时代的诗学认知。不理解它就很难理解今天和未来的诗歌。这种对话的情景总是具体的、人的,要不我们又回到了二十世纪独白的两难之境。这儿我想起中国古典传统,它的知音乐趣可以帮助我们。这个传统还活着。我们刚才谈及的我的那些早期作品如《何人斯》、《镜中》、《楚王梦雨》、《灯芯绒幸福的舞蹈》等,它们的时间观,语调和流逝感都是针对一群有潜在的美学同感的同行而发的,尤其是对我的好友柏桦而发的,我想唤起他的感叹,他的激赏和他的参入。正如后来出国后的作品,尤其是《卡夫卡致菲丽丝》,它与死者卡夫卡没太多实事上的关联,而是与我一直佩服的诗人批评家钟鸣有关,那是我在……十分复杂的心情下通过面具向钟鸣发出的,发出寻找知音的信号。他当然不知道那些外部前提,而竟然在一年之后我突然收到了他的一篇析读文章,那是一篇洋洋得意的文章,整个儿在细节上洋溢着知音的分寸和愉悦,那是语言的象征的分寸和愉悦。……它传给了我一个近似超验的诗学信号：另一个人，一个他者知道你想说什么。也就是：人与人可以用语言联结起来。对我而言，证实了这点很重要。①

张枣在某个特殊的时间点，以十分复杂的心情写了一首诗给诗人钟鸣。每个人都需要知音，认真地做完一件事或写了一首诗，非常希望得到确认：诗到底好不好，事情到底做得怎么样。如果遇到真行家说你做得太好了，那你会非常高兴。反之，做完之后一直没有被确认，我们会感到不安甚至痛苦。那个最能与你懂得彼此的人，就是你的知音。当然，这里依然包含悖论。2008 年我与张枣先生做过一个访谈，其中有一段如下：

> 只有能够满足我自己，才可能满足我的朋友。如果我对自己有一点怀疑，我就毁掉自己的作品，我毁掉的作品实在是太多了太多了，有时甚至判断错误。这也使我非常恐怖，如果不是我的好朋友们认可，我年轻时的很多作品就留不下来。哪怕他们有轻微的怀疑，我都会毁掉它们。直到现在为止我还在毁掉我的东西，虽然没有朋友帮助我了。我想这就是我的秘密。每一部作品，都是一个奇怪的秘密的产物，它最后能留存下来的，就像史蒂文斯说的那样，是

---

① ［德］苏珊娜·格丝：《一棵树是什么？》，见孙文波等编《语言：形式的命名》，人民文学出版社，1999 年版，第 344、345 页。

因为它找到那个充分地满足了作者本人的东西。因而，敢于销毁很重要，那个不满的自己也很重要。这也使我害怕，因为现在，没有第二个人能说服我，没有第二个人对我的作品的满意，能使我同意，这也是我很恐怖的东西。但是我又想，如果一个作家不跟恐怖生活在一起，不跟担忧生活在一起，他可能就不是一个好作家。虽然这个过程可能是一个折磨人的过程，也是一个冒险的过程。①

一个作家乃至任何行家做到一定程度的时候，虽然他手艺非常好，却也陷入了更高的孤独。因为这种好，这种克服尖端困难的路径，即使最好的同行，也未必能完全理解或帮着确认。"高处不胜寒"，只能自我确认，自我确认却十分艰难。所以张枣说，"那个长得像我的渔夫便倾身朝我走来。"一个艺术家自认为最好的作品，往往很孤独，不被大众理解。比如福楼拜最流行的作品，是 30 岁出头写的《包法利夫人》，之后的作品，尤其去世都没能写完的《布瓦尔和佩库歇》，很多人没读过，甚至名字也记不住。美国批评家萨义德提出一个非常有意思的概念叫"晚期风格"，一个进入创作晚期的艺术家，各方面的能力已经成熟、饱满、健全，他这时写的作品，却可能是艰深晦涩的。因为他对那些常规的套路太熟悉，就难免制造古怪甚至晦涩。

---

① 颜炼军编：《张枣诗文集·书信访谈卷》，四川文艺出版社 2021 年版，第204 页。

张枣这首诗,当然不算晦涩,也无关晚期之作,却可以透视出一些有趣的观察。归纳起来大致有两方面:首先,这是关于诗本身的隐喻,诗歌就像埋没于大海中的瓶子,期待灵魂共鸣者的进入。瓶中的魔王,也许就是被囚禁的想象力,或者是隐藏在作品中的力量和形象,它需要渔夫般的读者不断捞取和打开,扔下去又捡起来。其次,这首诗也是一个关于漂泊流亡的隐喻,是诗人自我英雄化的表白。两方面结合,可以构成张枣作为诗人的重要面相。

"海豚说着我听不懂的语言"

—— 读宋琳《夜读》

一

近四十年来,当代汉语诗人写下了大量优秀作品,其中不乏杰作,但由于种种原因,当代读者却对它们最陌生。古人诗云"只缘身在此山中",我们对自己时代的认知,反而最破碎、最不清楚。好作品不但需要认证和阐释,也需要足够的参照,才能确定。经典作品被无数前人认证过,代表文明和文化的积累,读经典之好,为的是温故而知新;而面对当代作品,尤其是那些依然在书里沉睡的作品,则需拨开浮蔽,法眼识之。判断很难,但也是考验批评能力的时机,因为没有"权威"意见的干扰。下面这首诗,作者是当代诗人宋琳,就很少被注意,却值得细读:

夜读

月亮的船桨划过墙壁

空中弥漫梦幻之蓝

书房像轻轻合起来的巨蚌

海豚说着我听不懂的语言

把自己举出水面。高高的水柱

击碎群星变幻的字母

醉人的、形而上的亮光涌入

头颅，一些奇异的黑矿物

唱起元素之歌

今夜，飞鱼撞击钢板的声音

响彻世界。而我仿佛置身水底

仿佛一个幸福的幽灵

                              1992 年巴黎

　　这首诗天然地有一种较慢的速度，字词句之间，回旋着隐约而轻盈的共鸣，当然，也弥漫着意义的迷雾，简言之，它与日常语言有明显区别。读汉语古诗时，其形式告诉读者这是诗；现代诗除了分行，或遵循特定诗体形式（比如十四行诗）之外，常常也有隐蔽的形式设计，让读者直觉这是诗，而不是简单的散文分行。

比如面对这首诗,细心的读者一定会发现其中镶嵌着许多同韵字,如下表所列:

行数	Ang	An	u	I	Ing	e	Ong	ü
第1行	亮、浆、墙	船		壁				
第2行		漫、幻、蓝		弥			空、中	
第3行	房、像、蚌		书	起	轻			巨
第4行		言	不		听		懂	语
第5行		面	柱	己				举
第6行		幻	母	击	星			
第7行	亮、光		入	壁	形		涌	
第8行			颅、物	一、奇、异				
第9行	唱	元	素	起				
第10行	钢		佛	击	声	夜		鱼
第11行	响、伤	板	佛	底	界			
第12行	仿		福		幸、灵			

上表列出的这些字,明显地影响着诗的阅读感,它们生成了独特的视听效果。其中有些是诗人精心安排,有些则可能是诗人写作过程中的语感所致。全诗共四节,每节三行,各节内容上相对独立,而几组同韵字形成的内部音调,让疏离的诗节之间形成音响上的呼应;不同的韵之间此起彼伏,回环交响,进而促成全诗的金声玉振。总之,这些字在节奏、音调和想象力上帮助了诗歌主题的实现。

初步辨明诗的音响特征,再看诗的主题,就更有滋味。标题之外,哪些词表明这是一首关于"夜读"的诗?细察之,全诗始终不直接写读书,而是以看似无关之动作或意象来替代。这有点像悬疑小说里的密码设定和破解,比如A给B传递了六位阿拉伯数字,只有他俩知道数字跟某本书相关:头两位数字代表该书页码,中间两位数字暗指该页第几行,最后两位数字默示该行第几个字。这类隐藏的规则,甚至是一次性的。诗歌写作有时也类似密码编写,用看似无关的词语或物象蕴藏想要表现的意思。但不同的是,读者可根据某种文化公约性领悟其中的替代原则。"替代"其实是一种普遍的语言现象,无论用一物替代另一物,还是以某人或某物的局部特征,来指代其整体,不一样的替代逻辑和替代者,代表不同语用意图。相较而言,诗歌比日常语言更专注于这类替代游戏,诗人常常思考如何以独特的替代规则,与读者达成诗意的默契,有时甚至以发明新的替代游戏为目的。

在这首诗里,首先进入读者视野的是大海:"我"在海底,被船桨、巨蚌、海豚、飞鱼等事物环绕。诗人想用这些替代物,来告诉读者,此"夜读"非等闲之夜读,诗人的处境也非同一般,总之,诗人有特殊的表达目的。这很像某些日常的语言策略,比如某君给恋人写信,会想方设法以言辞打动对方;再比如,一个政治家发表演说时,需考虑如何达到最好效果。一首好诗,同样包含表达的策略,它用尽可能少的语言,完成词语表里的意义组装,它要具备神奇的言语光晕和能量,才能与不同读者乃至不同时代的读者之间形成共鸣。质言之,一首诗不可能只表达字面意思,各种花样的替代,目的正是突破日常语言或字面意义圈禁。

二

　　第一节第一行,给读者展现了夜晚的情景。"船桨"暗示月亮是缺的,以残月喻船,船桨是月光之喻。月光照壁,月影斑驳,徐徐移动,恰如船桨轻轻"划过"。由此可想见主人公处境:孤寂之人才会留意月亮的轻轻走动。诗人的意思似乎是:残月之光照进主人公的书房,但他却说:"月亮的船桨划过墙壁",因为后者包含更丰富的信息。首先,在汉语文化里,月亮不圆,暗示主人公"我"可能在旅途中(诗尾显示:这首诗1992年写于巴黎)。无数古诗名句像"露从今夜白,月是故乡明"、"今宵酒醒何处?杨柳岸,晓风残月"等等,都是写羁旅离愁,而船在海上漂泊的形象,也加强了此意。第二,汉语古诗文里的月亮,也是打破室内封闭感的常见意象。比如李白《玉阶怨》云:"却下水晶帘,玲珑望秋月。"从院子回到室内的寂寞女性,透过水晶帘望见秋月,因此说"玲珑";而此月可能也正在被远方被思念的人看。个体情感被客观化,如冷寂秋月置于天地之间。

　　"空中弥漫梦幻之蓝",这应是一个很美的夜晚。欧洲空气污染少,夜晚弥漫的蓝,恰似无边大海,也如羁旅梦幻。"书房像轻轻合起来的巨蚌",这个比喻奇异,却可解。诗歌写室内时,常会构置连通室外的修辞。就像房间都需要窗户,即使无窗户也会放一面镜子。朋友室内饮酒闲聊,亦喜坐近窗户,恰如陶诗之云"有酒有酒,闲饮东窗。"读书逐渐专注,与世界逐渐疏离,有点像巨蚌慢慢合起来的过程。每一间书房,都需闹中求静,需要"合"起来。另外,把书房比喻为海底的巨蚌,再次表明隔离故土的漂泊状态,因为大海就是无限流动漂泊的象征。

羁旅之夜是汉语文学的常见主题,比如杜甫名作《旅夜书怀》。"细草微风岸"写岸上的微动,"危樯独夜舟"写夜栖孤舟,二者皆有摇动之感,合起来就是漂泊的孤苦。杜甫的伟大之处在于,他旋即转到宇宙意象:"星垂平野阔,月涌大江流",天地之大美超越了前一句里个体的消极情绪。接下来的"名岂文章著,官应老病休",直接表达不遇的悲愤,末了再次荡开,写"飘飘何所似,天地一沙鸥"。眼前似乎真有一只沙鸥在天地间飘飞,但沙鸥又是对诗人自身状态的隐喻。总之,微风、河岸、星辰、月亮、沙鸥等有序的客观物象群,与诗人自身处境之间,形成了微妙的博弈关系。宋琳此诗里也有类似结构:月亮、弥漫之蓝、海底、海豚、群星、飞鱼和书房中人,其间编织着宇宙整体与个体处境之间的张力。在宇宙整体的参照下,个体才能觉察爱恨情仇、悲欢离合、文章仕途、革命理想等彻骨的虚无;而虚无又以宇宙万物的玄妙与美丽安慰着个体,天地因此有无言之大美。诗歌对作为个体处境象征的书房或室内空间的处理方式,常常有近似的逻辑。比如当代诗人陈先发的短诗《不可多得的容器》,也是写书房:

我书房中的容器
都是空的

几个小钵,以前种过水仙花

有过璀璨片刻

但它们统统被清空了

我在书房不舍昼夜的写作

跟这种空

有什么样关系?

精研眼前事物和那

不可见的恒河水

总是貌似刁钻、晦涩——

难以作答

我的写作和这窗缝中逼过来的

碧云天,有什么样关系?

多数时刻

我一无所系地抵案而眠

2016 年 3 月

　　这首诗写的是诗人在书房的工作状态。书房有几个空钵,原种过水仙花,后来都清空掉了,因此说它们"有过璀璨片刻"。"璀璨"一般形容发光体,比如星辰、烟花等,用璀璨来形容水仙花,是用视觉的激动与鲜明,来比喻花带给室内的香味和生机。面对这般精细的表达,读者自然地会联想其深层寓意:诗人以前写过一些好诗句,为此兴奋过,但它们却无助于解决诗人此刻的写作之"空",所以才说"书房中的容器都是空的"。空的容器,似乎是被诗人用旧的词语,恰如英国现代诗人 R. S. 托马斯所言:"形容词累了,/动词犹豫不决,只有事实/依旧新鲜,破土而出。"[①]但机警的诗人假装要推翻读者自然联想到的暗喻:"我在书房不舍昼夜的写作/跟这种空/有什么样关系?"然后再抛给读者一个更圆满的暗喻:"精研眼前事物和那/不可见的恒河水。"精研眼前事物,像做工匠手艺活,像作家磨砺语言。"不可见的恒河水"是关于远方的隐喻,恒河在印度文化里有特别隐喻,它是圣洁之河,是生命源泉,它既有"逝者如斯夫"的意味,也是关于无限的隐喻。"精研眼前的事物"是室内的工作,而"那不可见的恒河水"则像"星垂平野阔,月涌大江流",是宇宙意象。"总是貌似刁钻、晦涩——难以作答/我的写作和这窗缝中逼过来的/碧云天,有什么样关系?"这几行不仅继续了前面假装的质疑,也再次展示了室内外的、个体卑微工作与远大世界的关系。总之,璀璨片刻、恒河水、碧云天,这三个细节相互呼应,让这首诗包含了一种室内外的联通形式,远近取譬,于是乎个体与无限,过去未来与此刻汇聚于此。就此而言,陈先发这首诗与宋琳的诗,可以说具有某种同构性。

宋琳诗里的"蚌"字很关键,需重点解释。"蚌病成珠"常用来比喻优秀作品的坎坷孕育过程。比如刘勰《文心雕龙·才略》云:"敬通雅好辞说,而坎壈盛世,显志自序,亦蚌病成珠矣。""巨

① 程佳译:《R. S. 托马斯晚年诗选:1988—2000》,重庆大学出版社 2014 年版,第 569 页。

蚌"之喻暗示读者,诗人把自己去国离乡的处境,比喻为正在孕育珍珠的蚌,换言之,诗人试图把艰难的生活处境,转换成关于写作的隐喻。诗人的时代和世界,具象成为一个巨蚌,按纪伯伦的话说,这个蚌就像一座巨大而痛苦的庙宇;而诗歌则像其中正在被孕育的珍珠。珍珠以其纯粹,包含和消化了复杂的痛苦。

第二节三行诗的视角特别值得注意。"巨蚌"书房在海底,所以在"我"的上方,可以听到"海豚说着我听不懂的语言",可以看到海豚"把自己举出水面。高高的水柱,击碎群星变幻的字母。"为何是"击碎群星变幻的字母"?水面可能是平静的,但"巨蚌"里的观看者抬头看见海豚往上喷射水又落下,水面的涟漪,让本来透过水可看到的清晰的群星影像破碎了。在梦幻之蓝里安静夜读,如聆听万籁;而字母之破碎,如空山叶落,如突破言筌,也是对阅读之茫茫静夜的譬喻。

海豚这一形象很别致。"海豚说着我听不懂的语言",可能暗指诗人刚到国外的语言隔阂。海豚很聪明,可视为海洋文明的象征,或者说二十世纪八十年代以来的中国知识分子大量阅读的西方的象征。诗人进入所阅读和向往的文明,一时听不懂或难以融入,这是一种身份上的孤独和尴尬。当然,海豚也可以理解为诗人作为流亡者的象征。据说海豚可迅速对险境作出反应,并形成避险方案——这里包含了诗人的自我勉励和期待。从古至今,中国常识体系里缺乏海洋知识,汉语诗人也很少细写海生动物,但在这首诗里却发现,宋琳写海豚有其精思细虑。事实上,后来的诗人宋琳因为各种机缘,渐渐成为一个诗人旅行家,有机会接触了各种域外文化,细读其后来的作品,可见其写作取材广阔。

到第三节,视角有变化。上节写从水里望天空,写水柱击碎群星变幻的字母,到这一节则从上往下,写"形而上"的亮光从上方涌入头颅。"一些奇异的黑矿物,唱起元素之歌",此句微妙,从字面看,似乎是由于光芒涌入头颅,头颅里的一些奇异矿物因此唱起了元素之歌,恰如夜读至酣引起玄览与遐想。"形而上"和"元素"两词为诗眼。"形而上"有两个来源:《易经》的"形而上者谓之道,形而下者谓之器";"形而上学"是亚里士多德一本书的汉译名。亚里士多德认为学问大致分为两种:一种是关于我们眼见之物的学问,亚里士多德称之为物理学;另一种是关于超验、本质的学问;亚里士多德称之为"物理学之后的学问",近代日本人翻译亚里士多德时,恰切地用了《易经》里的"形而上"这个词。它强调万象变幻中所蕴藏的不变之道,它们不能被人轻易看到。"黑矿物"之"黑",不仅是矿物的颜色,也意味着看不清,而亮光涌入之后就被看见了。语言照亮了被隐蔽的事物,让它们唱起元素之歌。"元素"一词的最初含义是构成物质的基本单位,不但与关乎本质和规律的"形而上"有某种对应,也另有深意:比如不同元素构成一个杯子,但因为这些元素形成了某种因缘,杯子才不会裂开、燃烧或消失不见,所以这个杯子也可以说是一首元素之歌。任何物从本质上看都是形而上与形而下,器与道的合一,都是元素之歌。由是观之,"元素之歌"乃是事物微观的歌唱,事物的沉默中,都有一支休眠的、沉醉的元素之歌,它吐纳宇宙的浩大，也抱守自身的微妙。诗歌的首要功能，正在于命名或聆听事物包纳巨细的歌唱。另外，汉语里"元"为起始之意，"素"乃本真状态。《论语》里孔子说"绘事后素"，意思是任何彩色绘画都有赖于一个朴素的、纯色的底板。总之，"元素之歌"可以引起丰富的语义联想。

最后一节里，前面隐藏的"夜读"之意渐渐浮现。"今夜，飞鱼撞击钢板的声音/响彻世界。而我仿佛置身水底。"终于说出"仿佛"，"海底"与之前"海豚"和"元素之歌"等相关意象缝合。飞鱼是很特别的鱼，它的鱼鳍很大，每当遇强敌，比如鲨鱼的吸食时，能飞很快很远。飞鱼有趋光性，夜里看见光就会飞上去，诗里写它们撞击钢板，正是因为船上有光。

回顾全诗，诗人似乎有明确的空间设置。第一、二节，主要方向是从下至上，第三节、四节主要是由上往下。感官重心上也有设计：第一、三节偏于视觉，二、四节偏于听觉。时间上，全诗有一种不知今夕何夕之感。沉迷的夜读，夜蓝如海似梦，残月之舟漂泊，时间模糊，感官放开，世界幻变着。

三

飞鱼是逃生者，趋光者，甚至会殒命于勉强的飞翔。这有点像八九十年代之交陆续出国的这拨中国诗人，他们也是"逃逸"者，逃，是由于环境和危险的逼迫；而"逸"，则是一种主动选择或自我放逐。他们有"趋光性"，是理想主义者，向往"光亮"，但很可能死于此,正如飞鱼撞击钢板的勇猛和悲壮。飞鱼经常殒命于飞翔,因为它们根本上不是飞鸟,只是飞鸟的模仿者,它们沉重的飞翔已经包含死亡。这首诗末句"而我仿佛置身水底,仿佛一个幸福的幽灵",散发着死后复活的气息,有内敛的英雄主义气质。无论古希腊,还是中国,英雄往往能以某种形式复活。

"幽灵"一词值得细察。汉语古典诗里这个词似乎不常见,却多"幽人"之说。唐代诗人韦应物有首很美的诗,写秋夜怀想友人:"怀君属秋夜,散步咏凉天。山空松子落,幽人应未眠。"(《秋夜寄丘二十二员外》)"幽人"一词很美,指山中隐居修道的朋友。苏东坡贬黄州期间也有"时见幽人独往来"(苏轼《卜算子·黄州定慧院寓居作》)的句子,东坡此句里的"幽人",可能是隐居者,也可能是夜间看到人,恍惚如幽人一般。西方关于"幽灵"最有名的比喻,是《共产党宣言》第一句:"一个幽灵,共产主义的幽灵,在欧洲游荡。"在莎士比亚悲剧《哈姆雷特》里,老哈姆雷特幽灵出现的场景描写,有一种哥特式的恐怖之美,也非常迷人。简言之,幽灵主要有三层意思:一是离群索居的人;二是已死之人的灵魂;三是一种顽强而隐蔽的存在。诗人为什么觉得自己像幽灵?作为流亡国外的诗人,初入西方文化,俨然离群索居——张枣在《跟茨维塔伊娃的对话》一诗里用过"幽人"一词:"你再听不懂我的南方口音;/等红绿灯变成一个绿色幽人",亦涉及"听不懂"的漂泊处境。漂泊者的过去正在死亡,而"现在"尚未诞生。诗人携带母语而行,有某种文化使命感,堪称顽强的存在。

因此"幸福的幽灵"既是反讽，也有强打精神、自我勉励之意。正如宋琳在一次采访中所讲："旅居的孤独，长期孤独中养成的与幽灵对话的习惯，最终能否在内部的空旷中建立一个金字塔的基座，譬如，渐渐产生一种坚定的信仰？"①在给友人的信里，他也表达了类似的意思："域外的写作就仿佛在跟隐身人交谈，那个隐身人是多重声音的替身，既是异质的，又是同源的。重要的不是弄清楚他是谁，而是把已经开始的交谈继续下去。"②宋琳曾细谈过他刚被迫出国时的状态，下面这段话可帮我们更好地理解他诗里"幽灵"：

> 我是 1991 年 11 月 11 日抵达巴黎的。这天正好是第一次世界大战停战纪念日，下着绵绵秋雨，我的妻子怀着身孕到机场接我。她是法国人，我们在上海认识近一年后结了婚，她当时还在巴黎高师读书。我移居法国主要是个人原因，当时的环境对我确实很不利，几乎没有别的选择。出狱后虽然回到学校，但被取消了讲课的资格，我不能忍受那种侮辱性的待遇。有机会去一些陌生的国家，结识当地人和不同的文化，这是我的幸运。
>
> 异乡生活在我心理上的影响之大一言难尽，它是始料未及的，我感受到巨大的文化差异。在抵达的最初兴奋过

---

① 宋琳：《俄尔甫斯回头》，北京大学出版社 2014 年版，第 280 页。
② 宋琳：《俄尔甫斯回头》，第 129 页。

去之后,流亡也就真正开始了。所谓流亡在我看来就是与过去生活的无限期阻断,就是无家可归,你知道我离开中国时,所有的家当都打在一个行李箱中了。当然,流亡对于写作而言还意味着更多,随之而来的是失语症,不仅因"异乡物态与人殊"使然,还有阻隔与漂泊造成的"此恨绵绵无绝期"的那种挥之不去的孤寂与焦灼。①

前苏联诗人布罗茨基对流亡有一段经典描述,跟宋琳诗里的"巨蚌"可以视为同构:

　　一位流亡作家,就像是被装进密封舱扔向外层空间的一条狗或一个人(自然是更像一条狗,因为他们从来不将你回收)。而这密封舱便是你的语言……我们称之为"流亡"的状态,首先是一个语言事件:他被推离了母语,他又在向他的母语退却。开始,母语可以说是他的剑,然后又变成了他的盾牌、他的密封舱。②

前面讲过,宋琳《夜读》一诗把夜读的处境比喻成海底,也暗指他置身于海洋文明或欧洲文明。欧洲文学从《荷马史诗》到史蒂文森的通俗幻想小说《金银岛》,以海洋故事为大宗,我们甚至

---

① 宋琳:《俄尔甫斯回头》,第 252 页。

② [美]约瑟夫·布罗茨基:《悲伤与理智》,刘文飞译,上海译文出版社 2016 年版,第 32—33 页。

猜测:主人公夜读的书,就是一本海洋故事? 许多流亡欧洲的当代汉语诗人都写过流亡的痛苦,比如张枣 1992 年的诗《夜半的面包》写下了令人惊心的场景:

> 十月已过,我并没有发疯
> 窗外的迷雾婴儿般滚动
> 我一生等待的唯一结果
>
> 未露端倪。如果我是寂静
> 那么隔着外套,面包也会来吃我
>
> 是谁派遣了这面包
> 那少年是我,把自行车颠倒在地
> 当他的手死命地摇转脚蹬
> 我便大吃那飞轮如水的肌肉
>
> 是谁派遣了灾难,派遣了辩证法
> 事物鸡零狗碎的上空
> 死人的眼睛含满棉花
>
> 我会吃自己,如果我是沉默

张枣此诗奇特而惊悚,这"夜半的面包"到底是什么? 十月、迷雾、夜晚、寂静、外套、面包等构成的现实情景，与少年、自行车、飞轮、肌肉等之间奇异的联想方式，到结尾"我会吃自己"，把夜晚的孤寂和痛苦，转化为修辞上的强力。流亡与否，各有痛苦。流亡途中，异文化的刺激，孤独的处境，对于诗歌也许是好的，这是艺术残酷的一面。无论如何，对一个诗人来说，最大的事，最困难的事，是他把体验或经验转换成作品，正如德语诗人里尔克所说：

> 为了一句诗，我们必须去看很多城市，很多人，很多事物，必须了解动物，必须感觉鸟儿如何飞翔；必须知道每朵小花在清晨绽放时的姿态。我们必须能够回想起那些在异乡走过的路，回想起那些不期的相遇和早已预见的离别。必须能够回想起那些懵懂的童年时光，回想起我们不得不惹其伤心的父母，他们带给我们一种欢乐，而我们却不理解这种欢乐（那是一种对于另一个人而言的欢乐），回想起童年的疾病，病症总是离奇的发作，带来那么多深刻而沉重的变化，必须能够回想起在安静沉闷的小屋里度过的那些日子，回想起海边的早晨，回想起海本身，回想起所有的海，回想起旅途中万籁寂静、繁星点点的夜晚。而就算是能够想起所有这些也还不够，还必须回想起许许多多爱情的夜晚，每一个夜晚都与另一个不同，回想起女人临产的叫喊和分娩后柔弱、苍白的熟睡。还必须陪伴过临死的人，必须曾经坐在死去的人身旁，在敞开的窗口边，聆听一阵阵时有时无

148

的嘈杂声。而仅有回忆，也还是不够，如果回忆太多的话，我们还必须能够忘却，并且怀着极大的耐心，静静的等着他们再次到来，因为记忆本身并不真正的存在，直到它变成我们身体里的血液，变成我们的眼神和神态，无名无状地和我们自身不可分离的时候，才会出现一种情形，就是在一个罕见的时刻里，一行诗的第一个单词从它们中间浮现，而后脱颖而出。①

四

夜晚是作家钟爱的主题，现代以来尤然。夜晚让人回到一种松弛的、反思的、玄想飘逸的状态，的确有如幽灵，如鲁迅所言："人的言行，在白天和在深夜，在日下和在灯前，常常显得两样。夜是造化所织的幽玄的天衣，普覆一切人，使他们温暖，安心，不知不觉的自己渐渐脱去人造的面具和衣裳，赤条条地裹在这无边际的黑絮似的大块里。"②裹在大块里，意味着夜晚也有法国哲学家巴什拉说的那种梦幻气质："当一个梦想者排除了充斥着日常生活的所有'忧虑'，摆脱了来自他人的烦恼，当他真正成为他的孤独的构造者，终于能沉思宇宙的某种美丽的面貌而不计算时间时，他会感到在他的身心中展现的一种存在，一刹那

① ［奥地利］里尔克：《布里格随笔》，徐畅译，见《里尔克精选集》，李永平编选，北京燕山出版社 2005 年版，第 329—330 页。
② 鲁迅：《夜颂》，《鲁迅全集》第五卷，人民文学出版社 2005 年版，第 203 页。

间,梦想者成为梦想世界的人,他向世界敞开胸怀,世界也向他开放。"①

作家夜晚工作的兴奋、孤独、劳累以致枯索和疯狂,常见诸文字。我们只需看看卡夫卡的夜的独白就够了:"今晚在写作中不觉又到了夜深人静的时候……我常常在想,对于我来说,最好的生活方式也许是一个人呆在一个宽大而又幽闭的地下室里最靠尽头的一间小室,只身伴着孤灯和写作用的纸笔。吃的东西叫人给我送来。让地下室的大门的启闭老是离我远远的。我唯一的散步就是穿着睡衣,经过地下室里一个一个的拱顶去取别人给我送来的饭食。然后很快回到自己的书桌旁,一边默思一边慢慢地用餐,然后马上又拿起笔来写作。那我将会写出什么来啊! 我会把我内心最深处的东西都写出来! 而且毫不费力! 因为最高度的集中就不会知道什么紧张了。不过我也许不能这样坚持太久,也许在这种情况下一开始我就会遭到不可避免的失败,而这必然会导致我神经错乱。"②许多诗人写过有关夜读的诗。俄国诗人曼德尔施塔姆的《失眠。荷马。高张的帆。》,写的是夜读《荷马史诗》:

　　失眠。荷马。高张的帆。

---

　　① ［法］巴什拉:《梦想的诗学》,刘自强译,生活·读书·新知三联书店1996 年版,第 217 页。

　　② 卡夫卡:《致斐丽斯》,刘小枫译,见刘小枫编选《德语诗学文选》(下卷),华东师范大学出版社 2006 年版,第 268 页。

我把船只的名单读到一半：
这长长的一串，鹤群似的战船
曾经聚集在希腊的海面。

如同鹤嘴楔入异国的边界——
国王们头顶神性的泡沫——
你们驶向何方？阿卡亚的勇士，
倘若没有海伦，特洛伊算得什么？

哦，大海！哦，荷马！爱情推动一切。
我该听谁诉说？荷马沉默无言；
黑色的大海发出沉重的轰鸣，
喋喋不休地来到我的枕畔。

（汪剑钊译）

俄国作家有特别的古希腊情结。因为俄国的部分文明继承了东正教，而东正教长期是以希腊文为主的基督教分支。公元四世纪东西罗马帝国分开之后，基督教渐渐分为拉丁语天主教和希腊语东正教。后来的俄国接受的是东正教，沙俄甚至自认为是拜占庭帝国的继承者。读俄国诗人，无论普希金、曼德尔施塔姆还是布罗茨基，都能看到他们笔下大量的希腊题材。这首诗，在失眠夜读与荷马史诗中的大海之间，建立起非常精美的共振关系。诗人对标点符号的使用，也堪称绝妙，第一行里的三个句号，令人难忘。美国现代诗人史蒂文斯也写过一首诗《夜读》：

彻夜我坐着读一本书，
我坐着，读着，仿佛置身在书的
庄严纸页中。

这是秋天，星星坠落，
覆盖那些匍匐在月色中的
皱巴巴的形体。

我的夜读无灯陪伴，只有
一个声音在嘟囔"万物
回归冰冷，包括

那些麝香葡萄串，
甜瓜和光秃园圃里
红亮的梨"。

庄严的书页没有字迹，只有
焚烧的星星的痕迹
密布在霜天里。

（张枣译）

这首诗很精美，有神秘感。夜读与宇宙天地融为一体：围绕着夜读者的秋天、月色、果园、回归冰冷的万物、焚烧的星星、霜天等，似乎是庄严书页的宇宙化。

中国古人写夜读也很有意思，比如宋人蔡沈，他是朱熹的弟子，一个理学家，流传的诗不多，但他《夜读苏州诗》一诗写得好："夜读苏州诗，襟怀尽冰雪。飘飘关塞云，微微河汉月。秋兰南窗前，清香静中发。怀我千载心，岁晚更幽绝。"苏州指代中唐诗人韦应物，因他在苏州当过刺史。蔡沈这首诗，风格上与韦应物一些诗接近。与史蒂文斯一样，蔡沈也写到香气："秋兰南窗前，清香静中发。"跟上面列举的诗相似，空间维度上，此诗亦在阅读情境里置入宇宙形象，写到月亮、云、河汉、星辰，"飘飘关塞云，微微河汉月"，这与史蒂文斯诗里面写宇宙意象的方式可视为同构。时间维度上，夜读者感慨的"千载心"，一是因"生年不满百，常怀千岁忧"，一是欣喜于古今之共鸣，曼德尔施塔姆与荷马史诗的共鸣，就是千载心。"岁晚更幽绝"，秋天读书至深夜，倍感幽静孤独，这与宋琳笔下的"海底幸福的幽灵"，与曼德尔施塔姆笔下"喋喋不休地来到我的枕畔"的大海，与史蒂文斯笔下嘟哝的天籁，都可视为诗歌对读写之夜的静默与汹涌的不同呈现。

在"现实"里寻找诗的"便装"

——读张枣《橘子的气味》

一　绪论

2008年,在笔者与诗人张枣的访谈《"甜"》的末尾,他说道:"……诗歌也许能给我们这个时代元素的甜,本来的美。"[①]诗人"元素的甜"的说法,启发了笔者以"甜"作为这篇访谈的题目。更有意思的是,这一表述后来广受关注,甚至被一些诗家视为理解他诗歌的关键词之一。此后很长时间里,笔者都以为,这是诗人的即兴妙语,因为,与张枣老师相处过的人,对他的妙言快语的印象是如此深刻。

但最近,在一首新发现的,诗人完成于1999年的诗作里,我惊

---

① 颜炼军 VS 张枣:《"甜"——与诗人张枣一席谈》,见颜炼军编:《张枣随笔选》,人民文学出版社2012年版,第224页;在同年与白倩的访谈里,张枣也有类似的言说(《张枣随笔选》第230页)。

讶地看到,张枣早就讲过"元素的甜"一词。此中见出的诗人精思熟虑的写作品质,诗学观念的一贯性,引发笔者琢磨此诗的兴趣。这首诗叫《橘子的气味》,刊发于《今天》杂志 2000 年第 1 期,迄今没收入过目前所见的任何张枣诗集。[①] 不久前笔者整理资料时,无意中发现该诗的一个片段。当即托师友四处寻找这期《今天》杂志,最终看到了该诗全貌。笔者兴奋地发现,这不但是一首上好的诗作,而且在张枣的写作谱系中,它具有多方面的价值。

1996 年由文化艺术出版社出版的《春秋来信》,是张枣生前在大陆唯一出版的诗集,可以说是他的自选集。自那以后,他创作量比起之前更少。相较而言,2000 年前后的几年里,是他后期创作最旺盛的阶段。这期间,他写了包括《大地之歌》《父亲》等一批重要作品,在他本人看来,这些作品,对他之前的写作形成了超越。这首《橘子的气味》,应是其中之一。该诗共三十七行,无论体积或质量,都值得重视。首先,诗中不少细节,都是理解张枣诗歌,尤其是后期诗歌的重要入口。其次,在这首诗里,显示了张枣诗歌的某种变化。由于长期寓居国外,张枣的写作与大陆九十年代汉语诗歌常见的"现实"和"历史"意识,一直有着相当的距离。2000 年前后,他开始频繁地回国,几年后,就决定回国工作。因此,他这期间的作品中对中国经验的直接处理,也明显多起来,这首诗即是证明之一。

在八十年代后期到九十年代中期的诗中,张枣的写作,更多

---

① 该诗已收入《张枣的诗》,人民文学出版社 2020 年版。

地抒写个体在欧洲的流亡和异地处境。这时期张枣的诗歌因此常常写"室内"主题(以《卡夫卡致菲丽丝》为代表)。而在 2000 年前后的这一批诗里,以 1999 年写的《大地之歌》为代表,他开始尝试处理较为宏大的社会经验和场景。这首《橘子的气味》,不如《大地之歌》宏壮,但诗歌本身的结构,却显示出一种过渡特征:从"室内"主题过渡到社会性主题。下面,笔者拟从三个角度,来谈谈此诗如何逐步从"室内"主题移向"社会"主题,将"小现实"和"大现实"一并统摄于自己独有的诗歌网罗里,呈现于词语的密响中。为方便读者,先呈上全诗:

橘子的气味

1

一只剥开的橘子:弥漫的

气味,周游世界的叮当声。

姑息者在理顺一封激烈的信。

你仍在熟眠。你梦见一位

从前的老师,他脱下手套

嘀咕着,你一定要试一试。

2

别人的余温。枪栓的回声。

紊乱之绿,影子移向按钮,

巴基斯坦将隆起政变的肌肉。

更多的迹象显露:石头

出汗，咖喱粉耗费太多，
太阳像只煎蛋落魄在油锅。
3
而且，那一切不可见的，
一个异地的全部沉默与羁绊，
都会从临窗眺望者的衬衣

显露出来，我们，忧郁的伞兵
裸降在夜台北的网球场，
寻找便装，脸上毫无骄傲。
4
你梦见你仍在考试，而洪水
漫过了你的腰际。黑板上
重重地写着考题"甜"字。
你的刘海凝注眉前，
橘子的气味弥漫着聪慧——
5
你想呀，想：对，一定是
那种元素的甜，思乡的甜。

浊浪滔天，冲锋舟从枝头
摘下儿童，你差点尖叫起来，

如果你不是名叫细心者，

如果没有另一个你，在

纽约密楼顶的一间健身房里。

6

答卷上你写道：我的手有时

待在我内裤里的妙处，

有时

我十指凌空，摆出兰花手，

相信我：我是靠偷偷修补天上的

竖琴

　　而活下来的……

1999

二　从"橘子"说起

这首诗里，首先引人注意的是题目中的"橘子"。在张枣的诗里，橘子出现的次数不少，堪称典型的室内意象。比如，"经典的橘子沉吟着/内心的死讯。"（《断章》）"谈心的橘子荡漾着言说的芬芳，/深处是爱，恬静和肉体的玫瑰。"（《跟茨维塔耶娃的对话》）。还有一个相似意象："橙子"。比如在《高窗》一诗里，就有一位剥橙子的女性形象。在另外的诗里，也有可作类比的"橙子"形象："橙子的皮肤脱在地上/心脏却不翼而飞"（《夜色温柔》）"一颗新破的橙子咪你打开睡眠。"（《空白练习曲》）"它低徊旋转像半只剥了皮的甘橙/吸来山峰野景和远方城市的平静"(《风向标》)"火速运来运去的橙子,谁来拯救?《孤独的猫眼之歌》)。可以从中看出张枣比较一贯的体物方式:静物内在的对话性,静物与宇宙无限之间的关联。关于"橘子"、"橙子",张枣的情有独钟,似有一个更为直接的来源。这需要稍作展开,才能讲清楚。

据笔者与张枣的交往经验,他非常喜欢周邦彦。记得2008年,诗人郑单衣来京,与张枣、敬文东两位老师一道,我们在民大西门吃饭。席间,讲起"郑单衣"这个名字,张枣立即用长沙话背诵起周邦彦的《六丑·蔷薇谢后作》——其中有"正单衣试酒"一句,说明"郑单衣"这一名字的来由。也就在这首词里,有张枣在《空白练习曲》和《云》两首重要作品中都用过的"颤袅"一词——从前读到这个词时,一直觉得有点怪,因为现代汉语里不常用。后来在周邦彦作品里看到,才惊喜其来由。采撷古诗文中的妙词好字,在张枣的写作里并不罕见,哪个细心的写作者不曾为找到最精准的字词动过各种脑筋呢? 回到张枣喜爱的"橙子"、"橘子"。在周邦彦词里曾有一个非常经典的描写:"并刀如水,吴盐胜雪,纤手破新橙。"(《少年游》)。每看到张枣笔下剥橙子或橘子的女性形象,总是令人想起周邦彦的这一句词。笔者一直疑心,张枣的橘子、橙子等形象,正是源于此。所以,看到《橘子的气味》这个题目时,笔者首先猜到,诗中肯定有一位女主人公。当然,张枣在诗歌音律方面的考究,与周邦彦也有几分相似,在当代汉语诗人中亦罕有相匹者。关于张枣作品中音律特征,江弱水的精细辨认和解读可以作证。[1]

---

① 参阅江弱水:《诗的八堂课》,商务印书馆2017年版,第67—74页。

当然，由于张枣乃湘楚人氏（张枣2004年写过一首诗就叫《湘君》，直接取自《九歌》，可谓新诗人中的胆大者），我们也可以把张枣对橘子的迷恋，理解为一种对故土的思念（"橘子洲头"曾出现在张枣《父亲》一诗里），一种对湘楚古典诗歌的接应。屈原有一首《橘颂》，张枣也非常喜欢，笔者听过他用长沙话背诵。屈原在此曾写了南国之橘的漂亮："绿叶素荣，纷其可喜兮。曾枝剡棘，圆果抟兮。青黄杂糅，文章烂兮。精色内白，类任道兮。"马子端尝云："楚词悲感激迫，独橘颂一篇，温厚委屈。"①张枣写橘橙之温厚细致，颇似屈原。橘树是楚地常见之物，屈原的细致描写，肯定有亲身体验，而非后世所理解的简单人格比附。司马迁在《史记·货殖列传》就曾记述："蜀、汉、江陵千树橘，与千户侯等"，足见古时橘子树遍及南方，带来甜美和富庶。南朝梁代刘孝标《送橘启》亦写过南中之橘的甜美："南中橙甘，青鸟所食。始霜之旦，采之风味照座，劈之香雾噀人。皮薄而味珍，脉不粘肤，食不留滓。甘逾萍实，冷亚冰壶。可以熏神，可以芼鲜，可以渍蜜。毡乡之果，宁有此邪?"②刘孝标笔下的橘橙，可谓"思乡果"，虽然张枣未必注意过刘孝标此文，但"采之风味照座，劈之香雾噀人"，大可以帮助我们理解张枣诗里出现的"橘子的气味"，和"思乡之甜"。

现在我们可以回到此诗了。首句"一只剥开的橘子：弥漫的/

---

① 谢榛、王夫之：《四溟诗话 姜斋诗话》，人民文学出版社1961年版，第60页。

② 罗国威：《刘孝标集校注》，北京：学苑出版社2006年版，第11页。

气味,周游世界的叮当声。"以此为一首诗的开头,颇有算计。这几句诗可谓看似平易,其实精致。剥开的橘子,潜藏着一层意思:一首诗从此开始了。气味包含着某种时间结构,正如普鲁斯特那块儿著名的玛德兰小蛋糕引起的追忆。气味也包含着一场迷思,比如引起对远方、故乡的想象,与周邦彦甚至屈原作品的秘密衔接。橘子的气味,显然意味着室内,而诗人在"气味"的弥漫里,加上"周游世界的叮当声",则把诗歌置放到一个浩大的空间中,浩大亦非空无牵拘,有"气味"和"叮当"使之落实为味觉和听觉的具体感。

从"橘子"开始的时间和空间两个维度,在后面的诗句中继续展开。"姑息者"在写信;熟睡的"你"(从第四节里的"刘海",可知是女性),则正"梦见从前的老师"。"姑息"与"激烈",暗含了男主人公生活中正在经历不足外道的秘密。把自己称为姑息者,意味着自责;"激烈"的信,可能是来自远方的写信人的责备或误解。眼前被梦境笼罩的"你",显然已非寻常之"你"。"姑息者"与"你"之间的关系,也因此引人猜测,他们之间,是恋人关系? 或别的? 我们不得而知。总之,置身于此情此景的"姑息者",暂时从远方激烈的写信者和眼前的熟睡者摆脱出来,陷入一种类似于《庄子》中讲的"吾丧我"的走神状态,按照张枣本人的话讲,就是枯坐。这种状态,当然也是一首诗微光初现的样子。

三 可见与不可见……

从第一节的细节和第三节"夜台北",我们大致可得知,诗里写的是凌晨天将晓这段时间。作为一个长期的失眠者，张枣写失眠，写长夜补饮、灯窗苦吟的诗不少。他去世前几年写的那篇精彩的散文《枯坐》，对此有过精彩的透露。读这首诗，也能看到一个彻夜失眠者的形象。

我们先看第二节。这一节给读者的印象是注重押韵。如果说第一节有明显的情节性，那么第二节是在写环境和氛围。诗人细心地在不同的环境要素之间，建立某种共振机制，形式上体现为三组押韵："余温"与"回声"，"按钮"、"肌肉"与"石头"，"咖喱粉之多"、"落魄"与"油锅"。它们就像一个三角形，支撑起这首诗里的氛围。

第一组呈现室外的元素：凌晨早起的带着"余温"的行人，不知何处传来的枪栓回声（也许是电视里传出），还有绿树窗边送影。同时，与下文形成密通：巴基斯坦和许多穆斯林国家的国旗都是绿色，上有星月图案。"紊乱之绿"，或许也暗指下文电视里举着国旗游行示威的场景。这种双关之法，可谓险而不僻。

第二组将视线转移到室内：主人公更换电视频道，看到新闻正播放巴基斯坦突发的政变。经笔者查证，巴基斯坦政变发生在 1999 年 10 月 12 日。13 日凌晨 3 点 20 分，发动政变者穆沙拉夫宣布谢里夫政府被解散。由诗歌里这个细节，亦可大致推测该诗的具体写作情景。而"巴基斯坦"与"隆起"之间，有着声音和意义上的细致设计，"坦"是"平坦"，与"隆起"组合，意味特别。不知电视新闻看了多长时间，东方渐白，因此说"更多的迹象显露"。诗歌本身的推进，即是"更多迹象显露"的过程。当然,接下来写到了露水——石头出汗,诗人荡开一笔到室外,对早晨石头上的露水作拟人化描写(1999年10月9日为寒露,杜甫名句"露从今夜白"中,露亦与思乡有关)。

"咖喱粉"、"煎鸡蛋",则把焦点聚集到厨房,但诗人很巧地让它们免于日常之琐碎:"耗费"一词,让人想起张枣的"浪费"诗观。[①] 咖喱粉自然地让人联想到穆斯林食物,与"紊乱之绿"形成隐性关联,一个是色,一个是味。"太阳像只煎蛋",有声韵之美,也把室内物象与宇宙物象联贯,与第一节中的"周游世界",以及第二节中的"紊乱之绿"中可能包含的星月图案款曲相通。总之,通过押韵和换韵,借助拟人和隐喻,凭借室内室外物象之间的共振,仰赖室内与远方(巴基斯坦)之间的勾连,诗人不但呈现了以室内为核心的世界,也为之搭建了一个隐在地充满着色味声响的秩序。

第二节写可见物象,第三节则推进一步,写"一切不可见的。"诗人起笔就用暗劲,把忧郁比喻为伞兵,并直接赋予"我们"的口吻。如何把可见之物与一切不可见的勾连起来,这是现代诗歌的核心命题之一。因为,古典时代的"不可见",是与各种面目的神性/道联系在一起的。一切事物都是神性/道的显露,诗歌乃至所有人认知事物的努力,都是接近其中包含的神性/道,或康德意义上的理性——它们是世界真相、事物完整的保证。

---

① 颜炼军 vs 张枣:《"甜"——与诗人张枣一席谈》,见《张枣随笔选》第213—214页。

无论是中国古典诗学里的"如有神助",还是古希腊柏拉图的灵感说,都与上述秩序相关。在古典知识系统失效的现代,如何在"可见"与"不可见"之间,建立新的有效沟通,是现代人类最大的生存困惑。比如,现代天文学知识建构起来的无限的宇宙,对我们可以说是不可见的,我们如何在其中寻找到自己存在的意义?现代人类大规模地改造了地球上物的质地和秩序,所造成的后果,也是不可见的,如何规避其中的风险?我们不得而知。如德语现代诗人里尔克指出的:"在这个被人阐释的世界,我们的栖居不太可靠。"①如此来看这一节,便令人思索良久。诗人写"一切不可见的",从"临窗眺望者的衬衣/显露出来",颇费心思。在几年前写的《祖母》中,也出现过类似妙句:"给那一切不可见的,注射一针共鸣剂。"张枣诗歌中常见类似表达,在汉语里不常见,他也许受到德语表达 macht sichtbar(使看不见的东西被看见)的启发。对于一个现代人来说,"一切不可见的"包含哪些内容?古典式的超验,显然无效,但现代人之不可见者,也许更杳渺无望。"无"这个字,在古典汉语中,即是"眼睛不可见的事物"之义,诗人这里暗藏了"有无相生""一阴一阳谓之道"的古典辩证法。

虽然"不可见",却有临窗眺望一句。这既表明现代诗歌"看"的努力,也是对古典诗歌的戏仿。因为临窗眺望,是古典诗

---

① [奥地利]里尔克(Rilke):《杜伊诺哀歌》,林克译,同济大学出版社2009年版,第40页。

文中非常优美的一个姿势。比如在"窗含西岭千秋雪"中，眺望与"千秋"之抽象相关，又落实到"雪"之具象上，由所思到所见，立象尽意，可谓精妙。顾随解读此句说："诗人的心扉（heart' door）是打开的，诗人从大自然得到了高尚的情趣与伟大的力量。"①而现代诗人的临窗眺望，已无"千秋雪"之参照，看到只是忧郁如"伞兵"降落，"伞兵"、"网球场"……它们作为现代人造之事物，都无法提供"千秋雪"含有的超验的、超历史的参照，自然也缺乏"高尚的情趣与伟大的力量"，但现代诗又必须面对它们，就像现代人以它们构成之世界为日常必需一样。"裸降"，似乎有一个向上的、超验的意图，但也只是诗人设置的一个模仿性动作。

基于以上分析，再回头来看"一个异地的全部沉默与羁绊"一句，就有别样意味。表面看起来，"异地"乃羁旅感受。台北对诗人是"异地"；众多当代诗人流寓欧美，是"异地"；中国当代以来大规模的工业化和城市化，令几乎所有人都有"异地"感。诗中的"姑息者"和"你"亦身处"异地"。实际上，失去"千秋雪"式的超验、超历史的参照的现代生存处境，如张枣所言，其沉默和羁绊，乃是最难摆脱之"异地"，在无所不在的异地，"我们"的忧郁寻找任何便装，作任何努力，都无法获得生存的骄傲和自在。悖论正在于此：现代诗人必须把这样的普遍处境诗意化，在没有

① 顾随讲，刘在昭笔记：《中国经典原境界》，北京大学出版社2016年版，第300页。

诗意的地方发明诗意。

四 梦境、洪水和答卷

"眺望"结束了,在第四五两节里,诗人的写作视角转回到室
内。同时,诗人通过写女主人公的梦境,再次将诗歌的时空幅度
展开至最大。女主人公继续在做梦,梦中有一场考试,也出现了
洪水。这个设计非常好,首先,梦见学生时代的考试,是我们比
较常见的梦境,堪称往事之"甜";其次,"洪水"可以视为梦境本
身的隐喻,有时也可作为两性关系的暗示。

但是,如果我们联系此诗的写作时间,就会发现,诗人借此
隐秘而有力地指涉了更大的"现实",第五节中的诗句明确地证
明了这一点:"浊浪滔天,冲锋舟从枝头/摘下儿童,你差点尖叫
起来。"1998 年,中国长江流域发生了罕见的洪灾,诗人的家乡
湖南长沙,是重灾区之一,整个城市都灌满洪水。按张枣精细而
严苛的写作习惯,这首标注 1999 年完成的诗,也许在 1998 年就
开始写作。当然,也有可能是 1999 年写作时回忆去年的洪灾。
诗人在此用了一个特别的词——"摘下",跟开篇所写的"橘子的
气味"之间形成语义上的联想,也与后文即将出现的"思乡之甜"
相关。女主人公梦中考试的题目是"甜"。联系第一节里"你一
定要试一试",我们就会知晓,诗人把梦里的考试转换为一个关
于诗歌写作本身的隐喻。"你的刘海凝注眉前/橘子的气味弥漫
着聪慧——",凝注的刘海,藏了一个"枉凝眉"的典故,也形成了

一个以"姑息者"展开的视点:"姑息者"在观察"你"的梦,进入"你"的梦。"聪慧"二字在此,颇有一点仙气,因为连接着第五节开头的顿悟。第五节里,出现了"元素的甜""思乡的甜",呼应着篇首的关键词"橘子"。接着写了两个"你":细心者的"你"和纽约密楼顶健身房里的"你"。这些都紧扣此前出现的"异地"。同时作为细心者和身处异地者,这是现代诗人的基本生存特征。另外,从诗歌开头的"周游世界"开始,我们也发现诗人在诗句各处暗哨般布置了一个"异地"的"世界":巴基斯坦、台北的网球场、纽约的健身房和故乡的洪水浊浪。它们有如尤利西斯漂泊途中的岛屿和险境,却被汉语"橘子"的气味缭绕。

最后一节,也许是这首诗里最为费解,也最为关键的一节:

答卷上你写道:我的手有时
待在我内裤里的妙处,

　　　　　有时
我十指凌空,摆出兰花手,
相信我:我是靠偷偷修补天上的
竖琴
　　而活下来的……

诗人说,这是女主人公在答卷上写的内容。从该节最后一行看,显然是写"我"在"洪水"中如何活下来,这里包含了诗人对故乡灾难的关切和祈祷;但从中间几行的内容看,洪水在此似乎

167

已转为隐喻义,超越了现实中的洪灾,喻指生存的危机(当然,故乡的洪水也是生存危机的一部分),全诗不是一直以"姑息者"的口吻展开么?

诗里写到"手"的几个细节非常微妙,联系上下文,第一二行写的是女主人公的睡姿,张枣有不少诗都尝试将两性的、情色的素材崇高化(比如《星辰般的时刻》《南京》等)。诗里写到"内裤",当然会引起读者的情色联想;但更像是对文艺复兴时期乔尔乔内(Giorgione)的名画《熟睡的维纳斯》的一种戏仿(欧洲近现代画家对文艺复兴时期绘画的戏仿,颇为常见),在许多人的解读中,乔尔乔内笔下的维纳斯也是在做梦。此外,从文艺复兴时期波提切利的《维纳斯的诞生》,提香的《乌尔比诺的维纳斯》到19世纪马奈(Edouard Manet)的《奥林匹亚》,都曾画过女主人公左手放在私处这一经典动作。显然,这是诗人将"姑息者"与"你"之间关系崇高化的一种方式。当然,我们还可以作进一步的互文联想:维纳斯(即希腊神话里的阿芙罗蒂忒)是从大海中诞生的,本诗则写到女主人公梦见洪水漫至腰际。

第三行写到手指,接着写到竖琴。张枣早年作品《何人斯》中曾写过,"手掌,因编织而温暖"。"十指凌空"和"兰花手"堪称这句诗的升级版。"空",对应了此前"一切不可见的";"兰花手"是中国舞蹈和戏曲中特有的基本手型。"竖琴"的出现,完成了本节的元诗设计:中国式的手指,在修补天上的竖琴。竖琴是源自古希腊神话里诗歌的象征,西方关于俄尔甫斯和荷马的绘画里,他们常抱着竖琴。竖琴也常常是维纳斯被取悦的方式,比如戈雅就有以此为题材的名作《沉睡在爱与音乐中的维纳斯》，现代画家毕加索画作《躺在床上的巨大裸女》也以变形了的构图呈现这一经典场景。

接下来，得注意这一节里人称的变化，才能真正把这节甚至全诗读明白。在前面所有诗句中，只有"你"，没有出现过"我"（出现过一次"我们"），而到这节里，诗人将"你"转换为"我"。这是张枣诗歌里经常会有的一种人称游戏。比如，在1996年写的组诗《云》中，诗人这样写父子关系："在你身上，我继续等着我。"这最后一节中，"我"与"你"可以理解为是合体的。前后出现的两个"我"，前一个是女性，是"维纳斯"；第四行中的"我"，则是第一节里的"姑息者"，是依靠修补天上的竖琴活下来"我"，是现代诗人的象征，因为，现代诗人的"竖琴"，才需要"修补"。两个"我"之间是什么关系？笔者以为，这里隐秘地借用古希腊神话中的一个经典场景：阿波罗或其他男神弹琴取悦爱神阿芙罗蒂忒。综观之，这节诗表面上是两个主题：爱欲与诗歌。实际上却是一个主题：诗歌如何把"小现实""大现实"之杂，生存的危机与困境，"你""我"之别，攒成对事物和谐的向往与对生存不完美的礼赞。如美国学者阿兰·布鲁姆（Alan Bloom）所说："语言的微妙是爱欲的一部分。"①换言之，语言战胜、优化现实，将爱欲崇高化的过程，乃是所有现代诗的

① ［美］阿兰·布鲁姆（Alan Bloom）：《爱的设计——卢梭与浪漫派》，胡辛凯译，华夏出版社2017年版，第1页。

秘密主题。

五　余论

经过上面的分析，我们把这首诗上下里外翻看了一遍。诗人处心积虑，机关重重，亦常常别有洞天，调动了全副武装，却往往能够做到举重若轻，踏雪无痕。在这首诗里，诗人张枣做了一个对诗歌写作者颇有启示的诗歌试验。把"大现实"的素材，放置在两性的、私密的"小现实"里。事实上，在当代诗人里，没有谁能像张枣那样，把两性之间的秘密写得如此玲珑精致，摄人心魄。

"历史个人化"常常被用来描述九十年代汉语诗歌的基本特征，事实上，张枣此诗的写作，也是一种历史个人化的诗学尝试。但张枣对于"个人化"始终心怀一种警惕，因为在"个人化"的言语形式里，天然地包含着苍白、琐碎、矫情和幽僻，它们无疑是诗歌天然的敌人。事实上，缺乏这种警惕，是九十年代以来许多当代汉语诗歌作品最大的弊病。

因此，秉持其一贯的诗学观念，在一字一句上，一分一毫上，张枣都努力地"化敌为友"，给"个人化"的内容披上各种崇高的"便装"。帕斯说："诗歌创造是以对语言施加暴力为开端的。"①

---

① ［墨西哥］帕斯(Octavio Paz)：《弓与琴》，赵振江等译，北京燕山出版社2014年版，第25页。

张枣的语言"暴力",体现为他解除语言的日常意义和一般连接逻辑,然后使之焕然一新的独特方式。我们在这首诗里看到:"现实"层面的男女室内的独处、橘子的气味、失眠、电视中的巴基斯坦政变、台北夜景、太阳、咖喱、煎蛋、梦境、内裤、1998年特大洪灾、思乡等,从个体孤独到天下忧愁的"现实",经由诗人精心的分解、编织和琢磨,变成了一首值得深究的、迷人的诗。

当然,最值得称道的,是诗人从汉语、德语、古希腊神话里汲取的素材和能量,将之变成诗歌精密性和多义性的才艺。笔者以为,这不但会对后来的写作者产生奇妙的启发,也将为汉语诗学空间打开前所未见的宽度和广度。事实上,进入21世纪十多年以来,这些影响已经在默默地发生。随着信息技术给全球化带来新的面貌,当下的汉语写作如何重新汲取、激活古今中外的文学和文化资源,包容新的经验和想象,越来越成为一个写作的元问题,张枣此诗,堪称一个值得玩味的微观诗学案例。

新神话或"情感教育"之诗

——读西渡《奔月》

一

读诗人西渡新作《奔月》(刊《十月》2021 年第 1 期),首先令我想起的,是《聊斋志异·崂山道士》中的一个片段。刚进山学道不久的王生,晚间撞见了崂山道士们施法娱乐的场面:

一夕归,见二人与师共酌,日已暮,尚无灯烛。师乃剪纸如镜,粘壁间。俄顷,月明辉室,光鉴毫芒。……俄一客曰:"蒙赐月明之照,乃尔寂饮。何不呼嫦娥来?"乃以箸掷月中。见一美人,自光中出。初不盈尺,至地遂与人等。纤腰秀项,翩翩作"霓裳舞"。已而歌曰:"仙仙乎,而还乎,而幽我于广寒乎!"其声清越,烈如箫管。歌毕,盘旋而起,跃登几上,惊顾之间,已复为箸。三人大笑。

这段描写，堪称中国古代文人笔下嫦娥形象的典型。她栖身月宫，是生命常不圆满的"广寒"的形象；她是不死的"寂寞仙姝"，因此常常成为男性文人想象中的美丽尤物，甚至蒲松龄笔下的道士们，也可作法招来助兴一番。由蒲松龄笔下的嫦娥，我们自然能联想到中国古典诗文中常见的一类文学形象：在深闺中思念远行伴侣的女性。嫦娥永恒的寂寞，常被用来形容她们独守空房的孤苦。

在古诗文中，不难找到以嫦娥指代女性婚姻爱情生活的描写，其中也不乏华彩之辞、精心之构，却鲜有对两性主题的精深细腻、洞烛幽微的表现，尤其缺少对女性心理的表现。实际上，嫦娥奔月的故事在旧诗人笔下多被当作典故和词藻来使用，作为主体的嫦娥习惯性缺席。李商隐"嫦娥应悔偷灵药，碧海青天夜夜心"，触及嫦娥的心理层面，让嫦娥作为一个活人而不是词藻出现在诗中，但仍不免站在男性的立场上，而予求全责备，所以并非女性心理的真实表现，而是男性所希望于女性的心理。我由此想说的是，两性心理世界的幽暗与光明，冲突与和谐，痛苦与幸福，确实不是中国古典文学最擅长表达的主题；同时因为女性作者的罕见，对女性心理的表现尤为稀缺。汉语文学中遗憾地缺少对爱情主题的深入书写：像西方文学中追赶阿多尼斯的维纳斯，深入冥府挽救爱妻的俄尔甫斯等等。孔孟的宏大言说里，是避谈两性与爱情的；《诗经》里的爱情，也长期被解读为政治隐喻。《红楼梦》向来以"情"著称，但曹雪芹对两性生活的描摹，出彩处集中于未婚的"大观园"世界，对男女婚后关系和心理的表现,尚嫌不够周至广阔;古典中国文人笔下的婚后生活,多被简化为男性世界的缩影。因难得一见,《浮生六记》中写的夫妻恩爱,才被五四新文学家们当作反礼教的人情而推崇。对这种缺失,西渡多年前写的一篇关于南朝乐府诗《西洲曲》的文章中,曾有思考:

> 中国文人诗中缺少情诗的传统,这是中国诗史的遗憾。在中国士人的世界中,女性始终处于依附的地位。在文人诗中,女性只是欲的对象,性幻想的对象,而不是爱的对象。从宋玉的高唐神女到曹植的洛神宓妃,这些女性形象都只有身体,而没有心灵。……中国文人诗中只有艳诗而没有情诗。因为没有领受"永恒的女性光辉",中国士人的心灵是残缺的(社会限制了女性人格的完成,也就限制了男性自身的人格完成)。但在民间却是另一种情形。……民间女子在家庭经济中的这种重要性,使得她们获得了一种远比上层仕女更为平等的地位和相对独立的人格。女性的这个地位既挽救了自己,也挽救了男性,同时也就孕育着爱情——平等是爱情的前提,爱的自觉有赖于独立的人格。世间还有比《西洲曲》中的主人公更深情的女子吗?这深情正是来自其人格的完满。①

---

① 西渡:《灵魂的未来》,河南大学出版社 2009 年版,第 347 页。

蒲松龄写《聊斋志异》之际，欧洲正处于文艺复兴开启的，摆脱天主教束缚的人文-理性思潮中。浪漫主义作为修正理性/科学世界观的力量，也随之兴起。这时期的欧洲文学，逐渐从柏拉图《会饮》开启的"爱欲哲学"传统中，从古罗马维吉尔《牧歌》、奥维德《变形记》、卡图卢斯《歌集》式的情爱表达中，滚雪球似地推演出爱情主题的灿烂文学景观。卢梭《新爱洛绮丝》、歌德《少年维特之烦恼》、夏洛蒂·勃朗特《简·爱》、福楼拜《包法利夫人》和易卜生《玩偶之家》等等大批两性婚恋主题的作品，形成宏伟瑰丽的"情感教育"抒写传统。两性情感的委曲与幽微，悲响与炽烈，在文艺演进中得到了充分表现；理想的两性关系应该怎样，在无数作品中有过充分探讨和想象。无数"情感教育"之作在全世界的传播，也丰富甚至重塑了现代人类爱情婚姻的现实形态。

这类文学影响，也波及清末民初的中国。最著名的例子，是林纾与人合作翻译的小仲马小说名作《巴黎茶花女遗事》在中国的流行。正如严复所叹，"可怜一卷《茶花女》，断尽支那荡子肠。"在十九世纪到二十世纪初的欧洲，《茶花女》的读者可能会阅读波德莱尔写巴黎妓女的诗，也可能欣赏雕塑家罗丹关于老年妓女的著名雕塑《欧米哀尔》(据法国诗人维庸诗《美丽的欧米哀尔》而作)。这些作品充满对两性世界的人道反思。而它在中国的风靡，则是与充满旧文人情趣的鸳鸯蝴蝶小说中的煽情甚至狎昵混淆，构成了中西碰撞融合的文学奇观，或曰中国式的文学"现代性"。

五四运动开始,现代女性成为"人的文学"讨论的主要话题之一。健全现代个体的愿想,两性平等的追求,呼吁着文学中新女性形象的出场。与"娜拉出走"之类的新女性话题一起成为时尚的,是男女作家情书、日记和自传体作品的大量出版,鲁迅与许广平的《两地书》可谓典型。两性世界的私语上升为公共话题,新文学中的男男女女,对应了两性世界的重塑,堪称中国式的现代"情感教育"。但实际情况却是,更多作品把对两性主题的表现,与家国危亡这一巨大的现实软硬拼接。无论"启蒙加恋爱""革命加恋爱"主题之下的种种"伤逝"或"青春之歌",还是1949年以后萧也牧小说《我们夫妇之间》中那类典型的新中国"夫妇",几乎都循此逻辑。总之,中国古典文明话语中,与性别等级观念共生的,是残缺的两性表达;而现代以来,无论启蒙-革命话语还是经济-消费话语,多将堪称日常生活内核的两性私密生活视为社会生活的附庸。由此反观二十世纪汉语文学,并非每个优秀作家都曾在两性主题上贡献了优质作品;若以此作为评价汉语作家的标准,可能有别样的结果。在估量现代作家的写作成就时,我们不妨提出如下的问题:如果能写好两性世界,还有什么写不好呢? 反过来,如果写不好两性世界,还有什么能写好呢? 一个对两性世界缺少精细观察和体味的作家,他对社会生活的观察是可信的吗?

　　基于以上感想而读《奔月》一诗,也引起我对诗歌批评的一点小小反思。当下的诗歌批评往往关注诗人对变幻的外部历史现实的呈现,而诗人对内部世界火中取栗的冒险探视则往往被无视或忽略。诗人西渡上世纪九十年代开始引起瞩目的作品，比如《为大海而写的一支探戈》《在硬卧车厢》《一个钟表匠人的记忆》等，常常被作为历史诗艺化的范例。探讨历史创伤与时代隐痛的诗歌转换及其得失，是当代诗歌批评十分重要的"装置"；但趋于固化的"装置"，难免就有遗漏或偏见，甚至沦为伪批评。就个人阅读感受，西渡对两性主题的表现，从他青年时代的诗歌比如《北极情人》，到后来的《恋爱十四行》《地理志》《连心锁》"中国情人"系列作品等等，一直到新作《奔月》，可谓一以贯之，而其主题则越来越趋向深化，从青春浪漫的个体情感抒发，逐渐升华至"情感教育"主题，对两性心理和伦理作细密严肃的诗歌表现。这是西渡作为诗人被忽略的面相。在我看来，西渡诗歌在此一维度的表现及其进展，其诗学意义，并不亚于其"历史诗艺化"的努力。实际上，当代诗歌批评不但对于西渡在此一方面的艺术表现有所忽略，而且对整个当代诗歌在这方面的表现和演化，亦缺乏深入的讨论。

二

《奔月》一诗如何表现"情感教育"？每首诗都需要把主题转化为言语形式。面对一部超过两百行的、重写古典题材的作品，尤需细察其形式策略。《奔月》一诗对后羿嫦娥神话的处理，不是戏讽或碎片拼贴式的重写——比如英国诗人奥登1952年对源自荷马史诗的"阿喀琉斯之盾"所作的那种重写。荷马史诗中浓缩了宇宙秩序与人间生活的盾牌,在奥登笔下变成二战后的世界废墟缩略图。诗人完全推翻了古典神话的基本情节,以阿喀琉斯的母亲,女神忒提斯见到火神新铸盾牌时的失望作为主题,这可以说是诗人另起炉灶的全新虚构。① 《奔月》与其说是重写,不如说是一种"补写",换言之,是对古典神话中"忽略"部分的想象与展开。采取类似做法的作品并不少见,比如奥地利作家茨威格和英国当代作家巴恩斯对《圣经·旧约》洪水神话的"补写"。巴恩斯在小说《偷渡客》里,给洪水神话"补写"了"前传":诺亚夫妇在方舟造好,洪水漫地之前,举行了盛大而紧张的选秀,按上帝谕旨,好歹选拔出一双双动物运到巨大的方舟上。② 茨威格短篇小说《第三只鸽子的故事》写的是"后传",大洪水退却前不久,诺亚每隔七天放飞一只鸽子。第一只在水面上无处落脚,一无所获地回来;第二只鸽子叼回了橄榄枝,第三只则没再飞回。茨威格的小说,写的是第三只鸽子的去向和遭遇。③ 西渡的《奔月》,从后羿射落第九个太阳开始,着重描摹嫦娥从萌生偷药之心,经犹豫到行动的心理过程。在古典神话传说中,这恰恰是语焉不详的部分。全诗基于神话原型,将主人公简称为"他"和"她",看似一种全知的第三者视角,实际视角则落

---

① 参阅[英]W. H. 奥登:《奥登诗选:1948—1973》,马鸣谦、蔡海燕译,上海译文出版社 2016 年版,第 102—105 页。

② [英]朱利安·巴恩斯:《10½章世界史》,林本椿、宋东升译,译林出版社 2015 年版,第 1—32 页。

③ 参见《外国短篇小说百年精华》(上),人民文学出版 2003 年版,杨武能译,第 680—685 页。

在"她"一侧：我们处处感觉到"她"的观察与感受，"她"的宇宙和世界。这与古诗中多见的"拟代体"（即男性诗人模拟女性发言的诗）形似，不但有阅读的亲切感，也发明了独特的情绪与声音。简言之，借助以上策略，诗人的"补写"呈现了丰富的内容。

羿射九日的神话，散见于楚辞、《山海经》等诸多上古典籍；据《淮南子·本经训》中相对完整的讲述，它是"尧以为圣"和"有圣贤之名者，必遭乱世之患"的证据之一。[①] 一句话，羿是辅佐尧铲妖除恶，实现圣业的英雄。从南北朝开始到唐代，嫦娥形象逐渐具体，到唐诗中成为被寄以深厚同情的寂寞女性，甚至成为月的象征。[②] 在西渡《奔月》中，后羿的功业堪称开天辟地：九个太阳被射落后，大地凉风重起，万物有了影子，时间拥有了夜晚；但英雄事业也伴随着"阴影升起"：死去的太阳"怀着报复的心"，"仿佛/那嘶吼着坠落的是他自己"。与一个太阳悬照的世界一起诞生的，是象征阴影和冷寂的月亮，诗人说，它是崩毁的太阳们的"亡魂"之影。

英雄的功业带来了一个意料之外的后果：夫妻的离心与疏远。天地秩序的恢复，万物的复苏，激起嫦娥"血液的潮汐涌动"，唤醒她对幸福夫妻生活的想往。对"她"来说，"他"成为英雄前，两人所过的神仙眷侣的日子，那种人间的幸福才是最值得

①　[汉]刘安：《淮南子》，许慎注，陈广忠校点，上海古籍出版社2016年版，第182—183页。

②　参阅袁珂：《古神话选释》，北京联合出版公司2017年版，第159—175页。

179

珍惜的。但是,丈夫在外赢取英雄功业期间,饱尝寂寞煎熬的"她"已经发生变化,成为被月光"照彻骨头里的孤独"的"她";面对英雄化了的"他",夫妻之间过去的那种知心、默契已荡然无存。英雄的壮举与荣誉,不但让"他"丢失了旧我,同时也深陷难言的自我蜕变之苦:

> 当他从西方归来,
>
> 越发沉默寡言,见天漫游不归,
>
> 在旷野追逐,胡乱朝树林射箭。

作为英雄,他赢得了西王母的犒赏——服后可共享长生的灵药。但是这灵药对离心的夫妻而言,是"虚假的永恒"。彼此隔膜地长相厮守,比有死的凡人更加痛苦荒诞。于是,藏着灵药的家,让"她"感到万分寂寞可怖:"无限的天空有了/裂缝,大地张开吓人的深渊……/黄昏时分,无数的蚊蚋飞出,/攻讦她软弱的心智,让她头晕/目眩。"她怀念曾经拥有的幸福,但现在的"他",在"她"眼里成了追逐和沉醉于广场上的叩拜和欢呼的"大人物",已经不需爱人陪伴。噩梦中,她不再是他的爱人,而是他的猎物:"被他的猎犬/撕碎,被他的箭射穿,被/抛弃在荒凉的地球。"

家里的灵药也迫使"他"逃离。"他"犹豫不定,不知如何面对夫妻"永生"相守的未来。于是,躲在"大人物"与"英雄"的面具下长"醉"不醒,成了"他"逃避的策略:

现在他是国王们的朋友,被人膜拜,

被年轻人包围……据说,在某些

东方国家,到处是他的生祠,

傻呵呵充当人家的门神……

别有用心的人诱惑他,把他

灌得酩酊大醉,回家来数月不醒。

诗歌在滞缓的节奏中推进,二人间僵局继续,都在等待破局的契机。"她"在与死太阳们的亡魂——盈缺明晦、变化不定的月亮对照中,形成某种自由而偏执的意志,一种恋月癖,一种多思的孤独者才可能沉溺其中的执念:"永远处于阴影中的、多褶皱的/山脉,在她的面前一叠叠/打开,无穷的幽深,无限的/回环……"在中世纪的欧洲,这可能是化身为女巫的征兆;在今天,则很可能会被诊断为抑郁症。"她"抛弃了那个辛苦地披挂着"英雄"和"大人物"名号的"他",也断舍了那个为"他"而凝结的旧我。新生的月亮成为重构"她"自身的"超我"象征物:她们"脸庞挨着脸庞,如此相像,/宛若挺立在同一躯干上的/饱满的双乳,流泻奶与蜜……/她睡着了,在理解的光中"。极端恋物以至成为物,这是一种天堂般的幻觉或狂想。"她"更新"自我"的过程,被诗人写成了一幕奥维德式的变形记:"她的衣服像风筝的飘带/在风中飘动;她于刹那释放了/人间的全部重量,她的身体/越来越接近某种发光体。"

"她"变形为月中图案,结果是"大地上空,一轮浑圆的月亮//突然放出双倍的光明……"。"他"的英雄功业所造成的死太阳之魂，与毅然逃离"他"的爱人合为一体：消失的爱与死去的九个太阳一起，在月亮双倍的光明中复活——这当然可以视为诗歌完成的隐喻；双倍光明很可能也意味着奔月后的双倍孤独。无论男女，孤独而光明，是某种普遍的生命境遇。全诗结束之际，诗人并没暗示"他"的结局："一个弓手仓皇地撞进家门/又奔出屋外，向空中的她/张着双手……"，而熟悉这一神话传说的读者，却可以联想到。据《孟子·离娄下》，后羿死于徒弟之手："逢蒙学射于羿，尽羿之道，思天下惟羿为愈己，于是杀羿。"神射手死于箭下，这应是"她"奔月后发生的事。无论是死于自己的绝技，还是在难捱的茫茫寂寞中永生，都应是诗人想重申的悲剧性；而诗人更重要的意图，恐怕是细致地表现"她"与"他"彷徨于歧路，"心蒙蒙兮恍惚"地深陷各自的执念而无知无解的状态。

三

读到《奔月》这首诗时，正值美国诗人路易丝·格丽克获诺贝尔文学奖的消息宣布。格丽克的诗，长于通过重写古希腊神话，来表现两性世界的幽深莫测，反思习焉不察的伦理悖论。因为这种凑巧，西渡的《奔月》让我联想起古希腊英雄赫拉克勒斯与他妻子的故事，虽然我读到的格丽克作品集里，并没关于这则神话的诗作。与射日的后羿相似，赫拉克勒斯是希腊神话中众所周知的大英雄，伟业既成，人神同贺，但谣言也因此滋生。深爱他的妻子听信谣言,担心他移情别恋,把此前因垂涎她而被丈夫射杀的半人半马怪兽涅索斯所送的血衣,设计披到丈夫身上。她记得涅索斯说过:"这袍子可以使她恢复失去的爱",①然而它却让赫拉克勒斯中毒而暴死。情敌之间的竞争甚至残杀,妻子对丈夫的爱、防范和束缚导致的痴心与愚念,让这则古希腊神话与现代饮食男女之间,发生了共鸣。希腊神话之所以具有超越文化和时空的魅力,这是重要的原因。

相较之下,在后羿与嫦娥的古典神话中,似乎难寻与现代生活微妙相通处。但在西渡笔下,它有了饱满的当下性:后羿像个中产阶级或事业暴发户,嫦娥则像有文艺气质的敏感中年女性。诗人为两者间不可度量之隔阂与积尘,找到赋形的言路。多年前,西渡曾写过一篇解读穆旦《诗八首》的长文,题为"爱的可能与不可能之歌",这个题目似乎也可以用来形容《奔月》一诗,文中有段话可以帮助理解《奔月》的主旨:"在罗曼蒂克的想象中,爱情永远是一个积极的、肯定的、幸福的、理解的力量,但是经验和观察却告诉我们,爱情也是一个否定的、灾难性的力量,幸福与灾难就像爱情不可分割的两面。……对海伦的爱情烧毁了特洛伊,对褒姒和杨贵妃的爱情几乎烧毁了伟大的周王朝和唐王朝——这并不是文学性比喻,而是我们每个人血液中的经验,我们都在这样的火焰中经受过无情的炙烤。"②在《奔月》中,嫦娥

---

① 杨周翰译:《变形记・诗艺》,上海人民出版社 2016 年版,第 239—240 页。

② 西渡:《灵魂的未来》,同上,第 359 页。

怀念的幸福时光,是由一个个生活剪影构成。它们表明爱情的唯一性:彼此心目中唯一的"她"和"他",否定和灾难来自彼此的唯一性不受自我控制地生变,变形后的彼此,不再能构成爱情唯一性为基础的欲望模式。

对今天的中国人来说,日常生活遭受的剧变,物质的拥塞,由此导致的主体的碎裂变异与惊慌失措,已造成经验世界的满目疮痍。从这个意义上来说,《奔月》是"长镜头"式的关于爱如何消失的新神话,或者说是一部"情感教育"之诗。这就可以回到我们在第一部分提出的话题:诗歌或探索主体深邃的内在世界,或捕捉瞬息万变的社会历史现实,两方面的语言劳作一样重要。在今日中国人的生活中,对两性情感、心理乃至更多内在现实的盲视与粗鲁,对心灵内伤理解能力的萎弱甚至缺失,导致的灵魂困境和人性灾难,或许更需要诗歌乃至一切艺术的烛照和澄明,需要"双倍的光明"来抚慰或升华,恰似凄惘阴霾中,久违的月华遍地。按西渡的话说,这乃是"对于人生和人性的建设"。[①] 在他的许多诗里,都可见这种"建设"的努力,《奔月》可算是对这类诗的一次钻石般的总结。

---

① 西渡:《钟表匠人的记忆》序,北岳文艺出版社 2020 年版,第 2 页。

格物致诗

——胡弦的诗读札

一

由于近几百年来人类生存方式的剧变,对言说与事物之间脱节的担忧与修复,成为现代诗重要内驱力。陆机之言"恒患意不称物,文不逮意",[1]在古典语境里描述的是写作的困难,在现代,则不幸成为人类的普遍生存境遇。欧洲浪漫主义以来的诗歌对自然的讴歌和美化,对人造物的警惕甚至诅咒,是想借此重构被近代以来的理性、科学和工业化破坏的人-事物-神性之间的古典关系。同样,"言之有物"也是早期汉语新诗标榜的诗学主张之一,在接下来较长时间里,汉语诗歌中的"物"陆续被民族主义化,乌托邦化,甚至是意识形态化,警惕乃至摆脱它们,成为诗歌追求崇高性的主要姿态。

———————————————

① 陆机:《文赋》。

近几十年来,汉语新诗中的物象呈现发生本质性变化。随着中国工业化、现代化导致的物态的变化,汉语诗歌的写作,似乎与欧洲浪漫主义诗传统愈发有相近处:通过对物象的重新抒写,来修复毁损日益严重的物境。但也有不同:欧陆诗歌对物的探究和追问,是基于一个在高处的缺席的神,基于难以企及的"物自体"(康德)的理想(这其实也是神的体现);而汉语诗歌对物的探究,则归于一种诗歌心学,无论理在心或在物,诗歌是一种心物融通而触发的命名机制:物的相貌声色与肌理虚实,主体的心智和经验,通过词语的焊接和锻炼,幻变为言说的生机。

纵观诗人胡弦最近十来年的创作,我们可以看到一个抒写心物关系的苦练历程。与同龄诗人相比,胡弦的写作有着更漫长的摸索和修炼的时间,1966 年出生的他,2010 年才出版了找到自己写作风格的诗集《阵雨》,加上近两年新出的诗集《沙漏》《空楼梯》(《阵雨》中部分作品重新收录),构成了其鲜明的诗人形象。笔者以为,他对物象的抒写,占据其诗歌的主要部分。正如他所说的,"物象是一种情感器官"[1],他对物象的经营方式,显示出一种中西诗歌传统融合背景之下的诗学自觉和诗歌理想,为方便起见,我称他的这类诗为现代格物诗。

二

"格物"一词借自《大学》之"格物致知",朱熹解释为"欲至吾

---

[1] 胡弦:《阵雨》,长江文艺出版社 2010 年版,第 175 页。

之知,即物而穷究其理"。① 近代国人曾以"格物"来翻译来自西方的物理学(physics)。笔者这里说的物,指的是有声貌形色的具体实物,而不包括广义上亦可归入"物"的抽象存在。"格物"意味着在身感目击的物象中,穷究出某个关乎人心之理。说胡弦的诗是格物诗而非咏物诗,首先是基于胡弦如下的诗观:"生活出现在一首诗里的时候需要包含的要素:1. 判断性细节;2. 物象在其物理之外的特性;3. 寄寓于外部世界的写作者的个人隐喻;4. 把物象联系起来的那些关键的东西;5,表达方式。"②其次,是因为胡弦诗歌表现出的两个与上述诗观密切相关的特征:一是苦心孤诣的写作方式;一是对抒情的警惕,对哲思或冥想性的追求。

胡弦写作的苦心孤诣,至少表现为两方面。一是对相同题材的反复抒写。比如,他的《裂纹》(两首)、《分离之物》、《裂隙》、《准确时刻》等诗作,明显是对同一物象的不同呈现。甚至可以说,他的体量较大的《劈柴》一诗,也是对这一主题更为高密度的抒写。其他相似主题的重写,还有很多。反复体悟和探究蕴含于物象之谜,可谓一种写作的格物精神。二是对作品的反复修改。修改的痕迹在他的诗集中经常可见。比如《童话》一诗,在 2010 年出版的诗集《阵雨》中,题目是《非童话》,到 2017 年出版的诗集《空楼梯》中,被改为《童话》。第四

---

① 朱熹:《大学章句》。
② 胡弦:《阵雨》,第 175 页。

节最末一行也由"一窥见斑马，就成了新思想的倡导者"，改为"因窥见斑马而发现了真理"。[①] 无论从声音还是意义的角度看，显然是修改后更好。胡弦说过自己写作的苦心孤诣："写作应当是一种挑衅行为，哪怕是自己正持有的写作观"，"必须同写作对象决斗"。作为一位职业诗歌编辑，胡弦常年有大量琐碎的日常事务需要应对，与词语的决斗，对他而言犹如揪着自己的头发飞升。他因此十分警惕写作中的口水、琐碎和庸见："如果只是复述生活而毫无见地，就是盲目的写作。"[②] 苦心孤诣地修改作品，事实上就是对日常语言表达的置疑、替换甚至删除。在《比喻》一诗里他写道："在抵达之前，比喻句里的人只是可能的人。"好的比喻，犹如事物被词语劈成两半，分置于意义的两端，它要破除积淀在事物身上的定见，在"可能"中重新"抵达"，这是一个词寻找词，物寻找物的艰辛历程。

胡弦的写作中，还显示出沉思气质和玄言色彩。对他来说，"哲思是更高形式的抒情"。[③] 一般而言，抒情性意味着诗歌语义和音调的整体和顺；而以哲思减除抒情，则意味着诗歌语义突转和跨越的频率增多，要避免突转和跨越带来的语义断裂，就需要在意义的编码和声文的编织上花更多功夫。换言之，必须将抒情的直接，转换为哲思的稳密与回旋。比如，《蝴蝶》一诗第四节里

① 原稿和修改稿分别见：胡弦《阵雨》第 50 页，胡弦《空楼梯》，长江文艺出版社 2017 年版，第 9 页。
② 胡弦：《阵雨》，第 48 页。
③ 胡弦：《阵雨》，第 176 页。

这样写道:"童话笨重,/譬喻不真实,/它掠过街道、天线、生锈的深渊……/花园有一张逝者的脸。"[①]短短一节诗里,"蝴蝶"被替换为各种具有意义暗示功能的语码,读之,真如九曲江上的轻舟,乘风破浪穿过万重高山。从这个意义上,可以说胡弦的诗有一种玄言色彩。玄言是对日常语言逻辑的反动,诗歌中玄言不仅要有哲理作为骨架,还得有灵动和感性作为血肉。胡弦的诗这两方面都用心很深,即使看起来比较简单的诗,也十分用力。在诗集《阵雨》的开篇,有一首名为《水龙头》的小诗,可以作为印证:

弯腰的时候,不留神,
被它碰到了额头。

很疼。我直起身来,望着
这块铸铁,觉得有些异样。
它坚硬,低垂,悬于半空,
一个虚空的空间,无声环绕
弯曲、倔强的弧。

仿佛是突然出现的
——这一次,它送来的不是水
而是它本身。[②]

---

① 胡弦:《空楼梯》,第51页。
② 胡弦:《阵雨》,第1页。

这首诗的表达策略十分机智:除标题之外,从头到尾,诗歌都在讲述一块虚空中的铸铁。这似乎不断地提醒读者,"水龙头"就是一块铸铁而已。直到最后一节,才间接地说出它作为水龙头的功用。孔夫子说,"困而知之"。我们对许多事物的隐蔽属性的重新发现,恰恰是来自无数不大不小,却经常发生的疼痛。于是"水龙头"就有了象征性:对生活中无数的事物,我们可能也忽略了其本质属性,直至"痛而知之"。在常见物象中发现隐蔽的存在和求索事理,成为这首诗最迷人的特征。作为一首早期习作,这首诗第二节的第三行和第四行,连续出现三个"空",似乎有改善的余地,但即使认定这是瑕疵,也不影响它对我们的微妙提醒。

三

苦心孤诣的冥想式抒写,不仅让胡弦的诗很耐读,也让他的诗歌题材有鲜明特色。他说过:"生活的信息量过于繁复巨大,深思的目的在于学会牺牲。"[①]细察之,胡弦诗中的物象,大致可分四类:自然的,历史文化的,现代都市的,还有一些不能归入前三类的物象,我们姑且名之为纯粹物象。

在汉语诗歌传统中,自然与道相关,自然万象是道的呈现。西方诗歌中,自然万物蕴藏的是神性。微妙的道与人格化的神,

① 胡弦:《阵雨》,第174页。

对诗歌的表达方式有不同的影响。无论是探究造物内蕴的神性与智慧,还是赞美神的完美或哀歌神的缺席,西方诗歌都有一个潜在的对话者。汉语诗歌倾向于把自然物象人格化,进而破除人与道之隔;当然,无论中西诗歌,自然物象都常常作为时光流逝的载体,也作为人世之于宇宙的卑微象征。

作为当代汉语诗人,胡弦诗里的自然物象抒写,试图在自然物象与人事的复杂与幽微之间,建立起某种互喻,比如,《雪》《蚂蚁》《荧火虫》《白云赋》《琥珀里的昆虫》以及《乌鸦》(两首同题)、《蝴蝶》(数首同题)这类诗作。还有一类自然物象,被诗人作为时间流逝的精微刻录:"那沉没在水底的,正是我们共同丢失的部分。"(《自黿头渚望太湖》),或者被作为微小事物与无限宇宙辩证关系的载体。胡弦诗中这类诗句的数量很大。而在一些比较长的诗作,比如《沉香》《葱茏》等里,胡弦试图将上述诸方面浑融一体,展开更综合的诗艺演练。

对历史文化类物象的抒写,在中西诗歌中都蔚为大观,汉语文明历史悠久,吟咏旧物而抒发新声,在汉语诗歌写作中经久不衰。但是,当代诗歌抒写这类物象的处境,与古典诗歌有明显区别。原因很显然:当代世界物质形态变化的速度,超过以往任何时代。胡弦诗里有大量对"旧物"的描写,一类是诸如《半坡人面网纹鱼》《古运河》《印刷术》《丝绸古道》《香妃祠》《龙门石窟》《古城门》《孔府里的古树》《燕子矶》《古老的事物在风中起伏》《高州古荔枝园记》《博物馆》《青铜钺》等所写的古典的旧物。另一类,则是因为现代化速度而迅速变旧的事物,比如《民国长江轮渡引桥》《黑白相册》《沈从文故居》《老街》《老城区》《马戏团》《锣》《老手表》《更衣记》《旧胶片》《空楼梯》《秤》《老火车》等。这两类题材的作品，在胡弦现有诗作中的比例很大，这某种意义上也显示出他诗歌的风格化特征。诗人对这两种物象系列的处理方式显然不同。前者偏向于以词语来演绎"残缺者，要替不在场的事物/说出其意义"的过程；后者除去感怀伤逝之外，往往带有某种内敛的批判：

> 这深深宅院荣耀散尽，
>
> 已经变成一种痛苦的建筑学。
>
> 如果坚硬的石头也不能证明什么，
>
> 我们该向谁学习生活？
>
> ——《老城区》①

当代中国物境的基本特征之一是，不但农耕时代的事物迅速成为旧物，而且现代以来的种种工业化事物也迅速变"旧"。胶片、黑白相册、老火车等众多工业造物，曾经是现代化的标志，却迅速地沦为当代社会的"旧物"，成为几代人缅怀的对象："码头上的旧机器有宁静的苦味，/江水无声的奔流，来自废铁的沉默。"（《随摄影师航拍一座古镇》）②物态更新之快，让我们每代

---

① 胡弦：《沙漏》，长江文艺出版社 2016 年版，第 58 页。

② 胡弦：《阵雨》，第 32 页。

192

人关于物的体验和记忆都差异巨大。的确如胡弦感慨:事物流逝之迅捷,令我们无暇学习如何生活。可以说,抒写旧物,是文明反思的一种类型,当然,对诗人来说,文明反思终归要落实为对写作本身的探究,《寻墨记》一诗,堪称胡弦进行这一转换的典范。

相较前两类物象,胡弦笔下直接出现的都市物象不太多。我一直有个迷惑:大部分当代作家对都市物象着墨不多,即使有,也常常采取过于简单的方式。关于这些物象,胡弦有一些很用心的片段,比如《下午四点》里:"下午四点/光线重新认识玻璃/表格依旧严谨,有个公务员/在里面张开双臂。/酒摸到自己的声带并盘算/该在晚宴时说些什么。"比如《黄昏,在某咖啡馆等友人》里:"等到一侧暗下来,玻璃/会重新安插在生活中:/一面镜子。个中区别是,它把/吧台边的某个人/放进外面街心的人流。"比如,《晨》里:"雾已散开,被黑夜化掉的人/恢复了形体。/汽车都发动起来,世界在承受更多心脏。"[1]有一首短诗《山西路俯瞰》,是胡弦诗集中难得的直接写都市景观的作品:

> 搅拌机的震动;
>
> 苏宁银河大厦严峻的蓝;
>
> 城市高天切出的峡谷⋯⋯
>
> ——此中有深意,此中

---

① 胡弦:《阵雨》,第 10、17、25 页。

阳光轰响，

阳光的泥泞到处涂抹。

此中一隅有冬日广场，

摆放小菊花。

行人低头，彩球仰脸。

薄雪一样的小菊花，

如此安静，像某种早已

悄悄飞离的事物，遗落的

羽毛。①

　　两类核心意象构成了这首诗：一是搅拌机、大厦、广场；一是
蓝、高天、峡谷、阳光、菊花、羽毛。这是现代都市题材诗最常见
的写作逻辑，都市物象与自然物象的咬合，形成一种反讽关系。
在胡弦更多的诗里，现代都市物象也偶尔出现，但只是作为自然
物象或历史文化物象的陪衬。胡弦说："诗的意义不在当下，而
在其永恒性，也即历史纪念意义"，这句话包含他如此这般选择
物象的缘由么？
　　胡弦诗里还有一类很迷人的物象。这类物象是纯粹的，不
是自然物象，也没有明显的历史、文化或社会现实属性。比如
《一根线》《金箔记》《尘埃》《裂隙》《阅读》《夹在书里的一篇树叶》
等。这类诗将一些日常物态或物象理趣化，有一种别致的风格。

---

① 　胡弦:《阵雨》，第118页。

比如,下面这首《金箔记》,堪称胡弦最好的短诗之一:

金箔躺在纸上,比纸还薄,
像被小心捧着的液体。
平静的箔面,轻吹了一口气,
顷刻波涛汹涌,仿佛早已崩溃,破碎,
又被忍住,并藏好的东西。

锤子击打,据说须超过一万次,
让人拿不准,置换是在哪个时刻完成。
这是五月,金箔已形成。同时形成的
还有权杖,佛头,王的脸……
长久的击打,并不曾使金子开口说话,
只是打出了更多的光。
——它们在手指和额头闪烁
没有阴影,无法被信仰吮吸。[①]

这首诗显示了精湛的词语技艺:格物的理趣,鲜明的意象,对历史的反讽,都巧置于词语的回环起伏中。胡弦对这类纯粹物象诗,也有大量反复的写作,其中偶尔也有作品用力不均衡,理趣过重。但偶尔的偏差,却透露出他在诗艺上的锤炼精神,正

---

① 胡弦:《阵雨》,第67页。

如这首诗里这没有"阴影"的金箔。

经过20世纪的文学批评理论的洗礼，我们基本上认同形式与内容不可分割，形式是内容的一部分；这句话反说也是对的：内容也是形式的一部分。一个作家偏爱的写作主题与他的写法，常常互为因果。胡弦的诗，以散落在种种物象褶皱里的时间、空间和生命碎屑，来再现人事之卑下与微妙，命名历史与经验的痛楚，自然也让其诗歌笼罩着某种整体性气质：因为迷恋于时间感的精细呈现，他的诗在声音上有一种沉郁、缓慢的特征；由于对物象内部事理和寓言的孜孜以求，他的诗充满理趣，但他又擅长发现物象的感性面孔，来对抗思辨性对诗歌可能的负面影响。可以说，他向往的是理趣浑然而物态宛然的诗歌。

四

在简述胡弦诗歌的一些基本特征和面相之后，我想说，在诗人《阵雨》《沙漏》《空楼梯》三本主要的诗集里，可以选出许多诗，作为诗人的代表性作品。作为专业读者，我也有一个职业性困惑：在大部分诗人早期的成名作里，可以明显地看出某个"文学父亲"的影子。尤其在八十年代以来的成名的诗人中，我们都可以看到某一个早期的强力影响者。胡弦成名比同代人晚，他最好的作品，或者他作为一个当代优秀诗人的形象，几乎是通过近十来年的作品构成的。因此，不容易直接读出其诗歌生成的直接资源。一个有阅历的写作者,会更谨慎处理自己与"文学父亲"的关系,他阅尽百家之后所选择的招数和拳法,已经与诗人自身合而为一,按爱尔兰现代诗人叶芝的话说,舞者与舞蹈已经无法分开。①

但他诗歌里的优异性,还是诱惑我斗胆作一些猜测:他诗歌里的物象抒写形态,我感觉应该受到过里尔克中后期的物诗写作观念的启发;在他诗里的冥想和思辨的风格里,可以看到博尔赫斯、卡瓦菲斯、特朗斯特罗姆、辛波斯卡等诗人的影响。比如,《啜泣》那样的短诗,读之令人想起里尔克的《严重的时刻》;《燕子》《猴戏》《龙门石窟》一类的诗,也令人想起里尔克的《豹》《佛陀》一类的写物诗;《博物馆》这样的诗,则也让人想到辛波斯卡的《博物馆》;他诗行之间修辞的跳跃形态,冥想的逻辑,似乎混合了特朗斯特罗姆和博尔赫斯的诗歌气质。

每个优秀的诗人,都会把外在的影响内化为自身的诗歌力量,诗人胡弦已经完成这个转化。从悲观的角度来说,每个人都是自己才华的囚徒,对已经五十出头的诗人胡弦来说,最大的对手应该是自己已经形成的优异。他面临的主要问题也许是:如何扩张写作的地盘,甚至变出另外的王国,如何把那些看似相反的、异质的能量化为己有。可以看到,诗人作品中早已蕴藏着一些蓄势待发的潜能。比如,在诗人目前的部分诗里,不时会有字

---

① [爱尔兰]叶芝(W. B. Yeats):《在学童中间》,《叶芝抒情诗精选》,袁可嘉译,太白文艺出版社1997年版,第241页。

宙意象出现:"星星落在秤杆上,表明/一段木头上有了天象,宇宙的法则/正在人间深处滑动。"(《秤》)[1]古典诗歌里宇宙意象一直是一个非常有力量的维度,汉语新诗在这方面的抒写,其实还远不够丰富,如何在人事、物象与宇宙之间,梦想新的共鸣与和谐,是现代人类最大的难题。汉语诗歌理应在宗教、天文学之外,开辟自己的方式,我对胡弦这方面的生长空间,十分期待。在胡弦另一些诗里,饱含着对当代乡土中国剧变的悲悯,他这一主题的诗最动情,也最见出其诗歌天性的一面:"要把多少小蟋蟀打造成钉子,才能修好那些旧门窗?"(《老屋》)[2]如何在诗歌中更好地消化和升华这一主题,让词语组合成更有效的见证性表达,让隐喻散发出诗性正义的光芒,也将是他将来诗歌生长的可能方向。此外,在新近写的若干较长的诗里,可以看到胡弦另一个方向的努力:他试图借助长诗本身的复杂性,来更综合地发挥其娴熟的格物诗术,以此来扩展诗歌的容纳空间,开拓发挥诗艺的余地。

之所以从诗人现有作品里归纳出上述三方面的可能生长空间,是基于笔者的下列诗学陋见:首先,杰出的诗歌,必须像深藏独门暗器一样,藏着自己的形而上学维度;其次,理想的现代诗歌纯度,应基于驳杂的经验和人世之乱相;最后,一个优秀诗人应在诗歌技艺上有标志性突破(很大程度上是自我突破)。基于

---

[1]　胡弦:《空楼梯》,第32页。
[2]　胡弦:《空楼梯》,第154页。

这样的认识,我们对诗歌应继续抱有期待:倘若现代人类生活注定是一场巨大的悲剧,那么诗歌可以继续在自己的局限和片面中发言,分泌出不可替代的净化力和安慰剂。就此,胡弦也谨慎地说:"哀歌过于谦逊,赞美诗/有隐秘的傲慢。"(《蝴蝶》)[1]在谦逊与傲慢之间,在哀歌和赞美诗之间,我们期待诗人以更精确的音度,在词语的方寸之内,激响连绵浩漫的怒涛。

---

[1]　胡弦:《空楼梯》,第58页。

第三辑

语言的夜景

——读陈东东诗集《海神的一夜》

一

陈东东2018年新版短诗集《海神的一夜》，收录了1981年至2017年诗人所写的大部分自认为"尚可保留"的短诗。在这个将不断拉长的时间跨度面前，许多权宜之计的诗歌史命名，可能慢慢就失效了。朦胧诗、后朦胧诗、第三代……经过时间冲洗，只剩好诗或不好的诗。的确，随着写作生命的扩展，许多"文革"期间或八十年代开始写作，至今还继续写作的汉语诗人，早已从流派、团体乃至代际风格中杳然抽身，孑然行走于写作的幽径。一些诗人的作品，无论从数量或质量看，都构成了复杂的诗学景观，陈东东便是其中之一。

在某处诗学札记里，陈东东说过一句有深意的话："热爱语言，不相信话语。"这句话有几重意思。从五四到"文革"结束，启蒙、革命、人民、敌人、斗争等为中心的话语,在汉语中的意义积垢需要清理,诗歌一开始与它们短兵相接,继而演变为对语言自身的探索。当然,语言幽深无限,虽然一批诗人写作的整体起点相似,但随着他们写作的成熟,都各自走入了不同的词语天地。换言之,"热爱语言"之"爱",变幻无穷;"不相信"话语之"不相信",也是千姿百态。

陈东东属于少数写作观念前后变化不大的诗人,且这是一种自觉的立场。所以"热爱"和"不相信"的方式,在他诗里有明显的延续性。一个有趣的例证就是,诗人在这本诗集的后记里透露,此间的不少早期作品,再版过程中都修改过。修改是写作的继续,一首十几年前的作品现在可以继续修改润色,侧面证明其写作观念的相对稳定。所谓"相对稳定",包含另一种写作之谜:诗人有可能把同一种"拳法"练至精纯,进而有应对万变的从容。比如在陈东东这本诗集里,《雨中的马》《顾阿桃》《宇航诗》这三首诗,正如石榴树上同时也长出了木瓜和桃子,它们怎么就出自同一个诗人之手呢?

二

他有什么样的"写作观念"? 按陈东东自己的话讲,他痴迷于"语言夜景":"语言夜景中不同的物质,叹词如流星划过;数词的彗星在呼啸;一枚形容词仿佛月亮,清辉洒向动词的行星……"(陈东东《词的变奏》第1页)"夜景"对应"白昼","白昼"

的语言,是各种话语/意义的天下,"白昼"生产的意义光芒,在"语言夜景"里产生剧变:"光也是一种生长的植物,被雨浇淋/入夜后开放成/我们的梦境。"(《夏日之光》,1986)在诗人这里,语言的"夜景"或"梦境",不但是对"白昼"意义/话语的拒斥、瓦解,也是对语言的内在构成的重铸。他的写作很早就与意象为核心的写作有距离,而更注重将作为意义载体的词句击碎,在词的"废墟"里探索语言表现的可能:"他的诗有几首仿佛乱码。"(《忆甪直》,1996)这种努力具体表现为他的诗在分行断句,韵律节奏、隐喻布置等方面的独特形态。

比如他1991年的《月亮》一诗里写道:"闪耀的夜晚/我怎样将信札传递给黎明/寂寞的字句倒映于镜面/仿佛蝙蝠/在归于大梦的黑暗里犹豫/仿佛旧唱片滑过灯下朦胧的听力。"六行诗里,一共有"信札""镜面""蝙蝠""唱片"四处跨度较大的名词性隐喻,还有"传递""倒映""犹豫""滑过"四处动词性的隐喻。诗人耗神地寻求每个字词在诗句里的恰当姿势,让它们回到类似于元素正在构成物质的那种状态,诗行因此有一种稠密的动感。在2001年的《幽香》一诗里,也能见到类似的词语杂技:"暗藏在空气的抽屉里抽泣/一股幽香像一股凤钗/脱了几粒珊瑚绿泪光/它曾经把缠绕如青丝的一嗅/簪为盘龙髻,让所谓伊人/获得了风靡一时的侧影。"字词间有如下明显的音响关联:空气/抽屉/抽泣/盘龙髻/风靡、幽香/泪光/一嗅、伊人/侧影。这种音响设置,明显地影响着诗的阅读感。在隐喻层面,"幽香"与"一嗅"之间的关系,被曲折地转换为凤钗脱落的几粒珊瑚绿泪光,与伊人青丝之间的关系。再比如，2003 年的《幽隐街的玉树后庭花》里有这样的句子："氛围大师的茉莉、罗勒、菖蒲加风信子/合成又一款空气之痉挛"，"氛围大师"，奇崛的拟人；空气与痉挛之间，取譬遥远。这种以语言为旋转中心的精细的写作，让各种主题在他的诗里被还原为词，对各种主题的处理，变成诗的展开：意义/话语碎裂，词语洗心革面，重归于好，虽然有时难免用力不均而留下裂隙，但在诗人看来这是必要的代价："语言蜕化为诗行，慨然献出了意义的头颅。"(《眉间尺》，2001)

生活的怨刺、重大社会历史事件或时刻，乃至诗人长期生活的上海都市风景，也成为诗人"语言夜景"的组成部分。在他1992 年写的《八月》一诗里，有一句值得琢磨的诗："八月我经过政治琴房，听见有人/反复练习那高昂的一小节。"诗人在该诗末尾抛出的问题是，大蜻蜓般的直升飞机是否会骑上"高昂的一小节"呢？琴声与世界之间的共鸣，这个俄尔甫斯式的命题，在"政治琴房"这一突兀组合中变得暧昧。正是在这种暧昧里，生长出后来的《全装修》《影像志》《童话诗》《它仍是一个奇异的词》《顾阿桃》等一类诗。在《影像志》里，诗人关于历史细节、新闻片断、过往的日常记忆等，都通过影像为中心的情节组合切换；当代中国集体记忆中的各种"影像"，让诗里的杂乱情节均质化。或许，缭绕于"影像"这个词的时空氤氲，才是此诗的隐蔽主题。同样，在《顾阿桃》里，在历史片断和当下场景之间反复出现的四个字"她经过你"；诗人的目的，是把对历史荒诞的暗讽，编织在戴望舒《雨巷》式的呢喃语气中。陈东东长期生活在上海，都市风景和生活体验也是他"语言夜景"的重要部分。下面这几行写工业区的诗句可以为证:"不锈钢巨罐成为乳房/喂养火焰,就业率/喂养三角洲意识空白的襁褓理想。"(《下降》,1996)。不少诗里零星出现的相关诗句也非常有穿透力:"不知道能否从双层列车里找到那/借喻"(《途中的牌戏》,2001年),"两只氢气球/假想红眼睛,从旧洋房的露台/升腾"(《木马》,2014),无论双层列车/借喻,还是氢气球/红眼睛的搭配,都可谓关于都市风景的绝妙好辞。总之,诗人努力做的,是"把悠久的现实之蛹/幻化作翩然"(《梦不属于个人》,2003)。

三

最"悠久"的,莫过于"宇宙"。宇宙与诗的关联很有趣,英文里宇宙 universe 一词拆开理解,就是"总体之诗"的意思。陈东东写一类关于宇宙形象的诗,特别迷人。这些诗里展示的宇宙,可以说是"语言夜景"的另一番盛况,如他说的:"众星的句法纠缠,光芒打成了死结"(《星座》,1995),"发明摘星辰天梯的那个人/也相应去发明/包藏起条条河汉的天幕"(《下扬州》,2001)。宇宙形象作为八十年代诗歌崇高性的一种象征,在海子、骆一禾等诗人笔下曾经表现出迷人的精致,但在九十年代诗歌转向"日常生活"和"叙事"以来,相关主题的诗变少了。陈东东八十年代的诗里,也零星出现过宇宙形象,比如1984年写的《树下》一诗里有这样的句子:"树下我遇到词语溅起星空的先生。"九十年代以来他陆续写出了以《航线》《星座》《七夕夜的星际穿越》《宇航诗》《另一首宇航诗》等为代表的一批作品,显然有整体的诗学考虑。

以2014年所写的《七夕夜的星际穿越》一诗为例,其时空跨度,素材焊接方式,都包含了精确的幻象。诗里至少有四层内容,第一层:阳台上不眠的幻听者,楼下的游泳池,胖墩儿救生员;第二层:佩涅罗珀,尤利西斯,纺车,银河,鹊桥;第三层:天琴座(织女星所在星座),天鹰座(牛郎星所在星座);第四层:宇宙空间站,比基尼姑娘,沙滩,男公关,吧台。诗里写到伊大嘉,这是奥德修斯(古罗马称之尤利西斯)为王的故国,妻子佩涅罗珀在此守候二十年,等待他从特洛伊战场归来。为了拒绝家中成群的求婚者,她谎称先得为公公织完裹尸布,白天织而夜里偷偷地拆掉。显然,诗人在做一个大胆的写作试验,或者说,这首诗就像一架纺车,要把中国牛郎织女传说,古希腊英雄故事,星座图像和当下的场景,织成一首诗;以纺车喻诗也许不够精密,"他用的是高倍望远镜",诗中如是说。七夕之夜,守候的佩涅罗珀与漂泊途中的尤利西斯,借鹊桥跨越银河相会的牛郎与织女,望着星星许愿的比基尼姑娘与服务于寂寞的男公关,三对有情人都在阳台上幻听者的世界里:"无限往昔的音尘之旧絮",是两位女性(佩涅罗珀和织女)织布弹奏出的爱的乐章;"未来所有的此时此刻与此情此景",正充注银河间摆渡的航天船。诗人说,从前的鹊桥,现在的宇宙空间站,都是喧嚷着要在人神间架桥,末了,"弹奏者"还端着水晶杯盏,巫师般预测着"下一回"的人神关系。总之,现代星际想象,希腊神话和中国民间传说,与现代人的日常之痛,通过诗人的词句幻术，呈现为"七夕夜的星际穿越"图。

"宇宙"主题的这些诗作或诗句，给诗人打开了天地、神话、历史和现实在语言中嫁接和映射的新局面。在 2007 年的《大客车上》一诗里，诗人这样写青海湖旅行体验："你尝了尝浩渺分泌的盐/你电话的舌尖，舔醒千里外的一场回笼觉。"在 2016 年写的《另一首宇航诗》里，细心的读者将读到，1971 年坠落于沙漠的中国飞机，与希腊神话里伊卡洛斯驾驶飞行器坠落之间，通过雾霾、牛市、敏感词、废词、硅晶身体、程序思维、防毒罩、"吾与汝偕亡"等等词语零件的闪转腾挪，越位犯规，而变得亲密无间。伊卡洛斯坠落的典故，在现代英国诗人奥登的名作《美术馆》里出现过，这首诗在中国现当代诗人中间引起过许多共鸣。奥登通过文艺复兴时期的荷兰画家彼得·勃鲁盖尔的作品，展示了这个充满悲剧性的神话故事；而陈东东却将它与中国当代历史中的重大事件相联系，移花接木而不留痕迹，可谓极富原创性。（文章 2019 年 3 月 2 日在《新京报》刊发后，陈东东告诉我：1971 年联盟 11 号三位宇航员从空间站返回途中毙命；日本研制的第一艘太空帆船，名为"伊卡洛斯"号。）

还有更多的诗句值得细说。一个优秀诗人近四十年的短诗散发成的"语言夜景"，本身就如流转不息的万花筒。以上论及的，只是笔者管见的若干幻面，盖为其中显而易见者。而这本厚厚的诗集里，深深浅浅地藏着的许多细笔和精工，笔者尚未能够细味深究，它们在等待会心的读者。

"愉悦的印象需要重新定型"

——读臧棣诗集《诗歌植物学》

一

诗人臧棣这部近六百页的《诗歌植物学》，从他千仓万箱的诗篇中辑选出近三百首植物主题的诗作，写作时间跨越三十多年，显现了诗人一个暂定的面相。臧棣"大功率"的创作，分泌出令人望洋兴叹的诗歌巨流河，在新诗历史上绝无仅有。其实，从他已出版的几十部诗集里，换个角度便可以编选出其他样貌的诗集。

这部诗集首先吸引我们的，自然是它醒目的主题。据作者交代，关于植物主题的写作，开始多系偶然，后来逐渐成为一项自觉的写作实践。在古典社会，植物是人类日常生活资料的核心，花园、果园、粮食等差不多就是幸福的代名词；所以各大古典文明传统里，植物都作为神/道的显示和表征。无论伊甸园里生生不息的植物,中国上古神话里的神农氏尝百草,还是《荷马史诗》里奥德修斯遭遇的忘忧草,在此意义上差不多算一回事。

工业大生产让人与物的关系窄化为人对物的消费,人与植物的关系于是变得单调。从国家公园、城市绿地、温室种植到室内盆栽,都是以工业化逻辑,来纠正现代人对植物世界的入侵与占有。浪漫主义诗歌对自然的礼赞,以及随之兴起的生态文学,代表人类进入工业社会之后重返自然的愿望。以上述脉络思考诗歌与植物的关系,可以将臧棣式的植物抒写,视为一种浪漫主义诗歌的当代变体。古典时期的农事诗、山水诗、咏物诗通过歌咏植物来接通宇宙神灵或礼赞人生,浪漫主义诗歌赞美自然,则是对工业物质观的批判。

二

在当代生活中,植物首先与人类一样,置身二氧化硫、甲醛、癌症、雾霾、核辐射、大流行病……的包围中,它们甚至也是工业生产与消费天堂的一部分;另一方面,植物天生的物理、品貌、性状和生长规律,则属于人类无法更改的宇宙性,质言之,植物并非"人造物"而是"天造物"。基于植物的这种双重特征,当代诗人如臧棣者,身陷现代物境的漩涡,当然祈望通过植物抒写超越单调的物性:"怒放的桃花就是一门功课,/足以令你更唯美地卷入/从来就没有什么救世主"(《碧桃诗学入门》)。臧棣大量的诗篇将各种植物的品性、氛围,与个体经验、社会历史观察和宇宙感悟搅荡在一起。植物的当代处境，是诗人的反讽对象；植物的宇宙性，则是诗人赞美的核心，二者构成了诗人植物主题的两极，他的诗也因此获得广袤而微妙的舒展空间。

反讽与赞美具体如何实现？以《芦笋丛书》开头几行为例："从沸水里捞出它们，放进/洗好的盘子；这些芦笋/文静得就如同绿粉笔。/正如你猜想的：生活的黑板/还颠簸在路上，还要过几个小时/才会运到此地。"厨艺与诗艺的暗喻，绿色与诗情的共鸣，室内秩序与颠簸生活之间的错位，皆不必多说；运到此地的"生活"，很可能就是蔬菜生产批发基地的芦笋或其他植物。正是人类与绿色的分离，带来生活的颠簸。对"绿"如此这般的呈现，暗含着世界的失序与紧张。颠簸的生活紧随诗艺，缭绕着缺席的绿色，一种反讽式的赞美诗。

三

臧棣的诗有"强词夺理"的魅力，在植物主题的抒写中，这个特点尤为分明。除了诗人的风格原因，由植物展开的赞美或反讽所需的分寸感，也需要在大量的诗意磨合与练习中生成，这本身也象征了现代人与植物之间关系的暧昧。就某种意义而言，现代诗歌其实都是各维度或层面的世界观"磨练"。在臧棣的植物诗歌"磨练"中，我们或可"归纳"出一些突出的修辞惯性，及其蕴藏的诗学启示。

臧棣常常制造失衡或不对称的比喻。一般情况下，喻体和本体之间，就像秤砣与被称量之物的关系，它们的重量通过秤杆刻度的调整而接近彼此，最后趋于平衡；换个比方，二者的关系正如潜望镜的两片主镜，它们上下其手，左右逢源，彼此反射映照，连通了人对事物的"观看"。臧棣往往故意打破本体与喻体之间的平衡，让某一方（通常是喻体）极度膨胀或增量，导致比喻的严重失衡，进而形成语义、语法或声音被"扭曲"或"摔碎"的效果。例如这样的诗句："它们身上的绿叶/犹如人生如梦可以被斧子劈成两半"（《梭鱼草简史》）；"叶子油绿得像/你可以把它们搜集起来，直接放到爱人的脑袋下，充当枕头"（《紫金牛简史》）；"而有一种自信仿佛源自/它们的味道在内行人看来也不输顶级的啤酒花"（《带刺的纪念，或荸草简史》）。类似的"失衡"逻辑，在他非比喻的长句中也很常见。基本形态大致是：一个相对抽象的词，附加一个有情节或情景的句子。比如，"偏爱阳光的注射/紫红的花瓣妖娆于有一个凡·高/还活在他画过的向日葵里"（《蜀葵入门》），"妖娆"通过后面的附句具体化。再比如，"山风稀释着雀叫，涌向/我们不可能比蝴蝶还失败"（《醉蝶花入门》）。"涌向"与附句之间的巨大断裂感，打乱了读者的意义预期。当然，这种故意的"失衡"，是基于诗人发明的大量美妙的平衡——比如"天空蓝得如同一脚刹车/踩进了深渊"（《蜜蜂花简史》）、"世界的悬念轻浮于/小蜜蜂的小殷勤"（《尖山桃花观止》），都是非常奇特诱人的"平衡"；在臧棣写作里，"失衡"是对"平衡"的警醒，甚至是刻意破坏。平衡很可能意味着语义或诗意的凝固，"失衡"则是对日常语言及其凝固的意义堤防的彻底冲决。

臧棣发明了许多字词句的"异用"法，即充分利用语言某一个侧面——可能是意义、声音甚至字形，迅速踩下想象的油门，推动句子偏离意义的预设轨道。比如："在我们内部凝结成/新的晶体，或新的警惕"（《野坝子蜜入门》），"神农山上仿佛只剩下神游"（《鹅耳枥丛书》），"定力不够的话，缥缈就会欺负缭绕，/用飘忽的云雾架空人生的虚无"（《窄门开花，或迷迭香简史》）。这类诗句在这本诗集中比比兼是。诗人黏合字词、组接句段的手段，引发词性变异，句法变形甚至拆解了语义，有些诗句甚至近乎"乱码"形态，却常常触发新语言想象，比如"头状花冠浑圆一个紫红色的可爱"（《刺蓟简史》）、"被剥夺微妙/被铲除：譬如水苋菜，观赏性不错，/但只要长错了地方，就是杂草"（《杂草人类学简史》）。"异用"语言的热情和欢乐，也大大拓宽了诗歌的互文可能性，增加了他诗意触发或弹跳的契机。比如，从众多西方诗人、哲学家和艺术家，到中国古代的、现当代作家的作品或相关元素，都成了臧棣发明互文的资源库。

臧棣善于打通大小词之间的隔障。作为"天造物"，植物可以被无限地崇高化。围绕各种植物的具象特征，臧棣擅长在大词与具象之间创设关联。在各种修辞术的锻打和搬运下，植物的具象特征与命运、人类、宇宙、世界之类的大词携手联袂，就像诗人写的那样，"小小的特别甜将它们放大到/世界的印象中"（《灯笼果入门》）。具象通过这种关联抽象化，抽象反之也在其中具象化，诗歌以具象—抽象—具象往复滑翔的方式推进，形成了别趣。

四

　　这本诗集里可圈点的修辞术还有许多,通过以上举要式分析,想回到下面两点基本想法。首先,新诗自产生至今,虽然不时成为启蒙或其他事业的工具,但诗歌也一直发挥对语言工具的质疑、解码、嬉戏和重构的功能。局限于前者,诗歌往往固化为传声筒、泄愤剂或格言鸡汤;幽闭于后者,则容易缩减诗歌的伸展空间和命名能力。臧棣一直保持巨量的诗歌写作,他的可贵在于既能保持探索语言世界的锐度,也不断将对社会历史经验的敏感和体察,综合到多向度的语言突破中。其次,臧棣的密集型写作——比如以一部诗集写未名湖,或持续多年地写几百种植物或动物(他动物主题诗集也即将出版),在当代诗里树立了一种类似巴尔扎克式的诗歌写作类型。这种写作最大的特征是修辞术或诗意形态的重复;但与此互为表里的是:诗人的"重复"可能也强化了某些诗歌能量,克服"重复"而形成的大面积的渐变感,恰如斑斓闪耀的诗意光谱,这也是这本《诗歌植物学》最显著的整体特征。在众多"失衡"的、"手滑"的诗句或诗作与大量精彩作品之间,无关成败,而是相互支撑,彼此凸现和成就。这种非常的诗歌品貌,也许只能在臧棣式的写作中才能看到。

　　所以,我斗胆在这部诗集中选出我认为最能代表臧棣风格的部分好诗:除《菠菜》这样的早期代表作之外,《巴西木简史》

《绿萝简史》《藏红花简史》《紫肉丛书》《芦笋丛书》《好色的蔬菜丛书》《芹菜的琴丛书》《柠檬入门》等都特别值得细读。写卧病母亲的《柠檬入门》，十分动人，让人想起英国诗人狄兰·托马斯的《不要温顺地走进那个良宵》。说"好诗"，其实也有某种不能算好的阅读惯性作祟；这些诗修辞上相对规矩，跳跃和跨度均匀，也有显眼的经验底色和浓郁的抒情氛围。这个"好诗"的名单可以很长，也可以说出更多美好的理由。

我更想说的是，对于臧棣这种类型的诗人，他作品中蕴藏的未完成性，与定型了的作品同样重要。这么说原因有三：首先，他全身心投入的苦练与巨量密集的大胆展开，与汉语在当下经历的剧变和增殖，形成了特别的呼应；其次，他的写作在语义、语法、语气、语码、语象诸方面，都开辟了新的可能；最后，他孜孜不倦的写作韧性，或许源于写作最本质的动力："愉悦的印象需要重新定型"（《紫叶小檗简史》）——"愉悦"是人与自然世界、生活世界之间的理想关系；"重新定型"是写作对世界最从容有效的应对。

叩响词语的呢喃和叹息

——读张枣《镜中》

　　《镜中》是诗人张枣的成名作,也是新诗史上少数几首广为流传的作品之一。2010 年 3 月诗人病逝时,许多人不约而同地想起了此诗。其开头两行,更是成为不少人的网络签名格言。这首诗确属当代诗歌史上的标志性作品:在众多诗人都沉迷在各种现代技巧的上世纪八十年代前期,二十出头的张枣率先在诗中成功地融入古典元素,开创了一种清晰婉转的诗风,成为当时的异数。

　　关于此诗的细读,已经有不少人做过,其中诗人西渡《时间中的远方》一文尤为出色。为了更好地帮助理解此诗,我们可以将之置于一个较大的诗歌史背景下。在新诗的历史上,有两位外国诗人先后对中国诗人的传统观产生过重大影响。一位是艾略特,一位是庞德。有意思的是,艾略特的影响产生得更早,而作为艾略特的老师辈,被艾略特称为"更卓越的手艺人"的庞德,对汉语新诗写作产生实质性影响，却比艾略特晚。从三十年代开始，艾略特的诗作和诗论就开始陆续被译成汉语，像《传统与个人才能》这样的诗论，就有好几个译本，其中所包含的诗学观念，在现代汉语诗人那里激起了不小的漩涡，这种影响一直持续到当代；其对于现代资本主义社会日常生活场景的描写手法，更是影响深远。而自胡适对意象派纲领的误用之后，庞德对汉语新诗产生实质性影响，要到八十年代初。与艾略特一样，他不仅给中国诗人带来先锋的诗学观念，也带来了新的"传统"资源。他通过汉学家的汉语古诗英译本来发明意象诗的通天本领，已成为诗神"旅行"史上的传奇。

当代诗歌史研究者们还很少注意到，庞德在中国古诗与现代性之间建立的创造性关系，在当代诗人这里得到了秘密的回应。八十年代初期，包括诗人张枣在内的四川和重庆的年轻诗人，曾经将庞德所推崇的中国上古格言"日日新"作为他们油印刊物的名字。据诗人柏桦回忆，张枣还在诗人中发起了庞德诞辰百年纪念活动，并热血沸腾地翻译了十来首庞德的诗。张枣去世后，我试图寻找这些珍贵的译作，可惜至今还没找到。① 如果说，是艾略特这位欧文·白璧德的著名学生，以其卓越的诗学批评及时提醒了汉语新诗人：我们不能像登上一辆公交车那样进入传统，那么，是庞德通过天才式的误读和发明，在汉语古典诗与西方现代诗之间筑起了一条宽阔的转化之道。张枣是最早

---

① 本文写于 2014 年，2022 年新发现九首张枣译的庞德诗作。

意识到这一转化之道重要性的当代汉语诗人，而庞德应是他通向古典汉语传统的重要桥梁之一，从张枣早期重写古典意象的那些杰作中可以找到影响的痕迹。比如，他早期那首著名的《十月之水》中，就出现了庞德所改写的李白《长干行》（庞德改译后诗题为 *The River-Merchant's Wife: a Letter*）中的元素。

当然，我们无需夸大一个诗人对另一个诗人的影响，能够接受影响，本身即是不同语境中的诗人之间的对话，它需各方面的准备。在张枣早期甚至是大学时代写的那些为数不多的作品中，我们可以看到他诗歌中的那种婉转温柔的南方音质。他留下的几首旧体诗词，也显示出了他在旧诗词方面的功底。他去世与笔者交往的几年里，曾好几次讲起他幼时修习古典文学的情况，他用纯正的长沙方言背诵楚辞，背诵周邦彦作品的情景，我至今记忆犹新。此外，在我对他的访谈（《甜——与诗人张枣一席谈》）中，他也精彩地讲述过幼时的家学氛围。他是同代人中少数有较好古典文学童子功的诗人之一。他对古典诗词有别样的悟识，又较早地接触外语诗（他父亲是俄语专业出身，他是文革后第一批英语专业的少年大学生），加之他过人的天资，都足以酝酿出一个创造性地理解庞德的汉语诗人。张枣也是一个非常自觉地承接新诗传统的当代诗人，在研读其诗文作品时，我发现张枣很早就注重观察现代汉语诗人是如何与古典文学传统对接的。鲁迅、闻一多、卞之琳、朱湘、何其芳、冯至等诗人的作品中出现的转化古典传统的星星之火，在张枣笔下，常常蔓延为燎原之势。也就是说，这位写《镜中》的年轻诗人早就意识到，融汇古今中西，采集群芳，是现代汉语诗意发明最重要的基础，以此为汉语新诗开拓新的领地，是当代诗人当仁不让的责任。①

总而言之，上述各个方向的能量，都在"镜中"。在这个背景下，我们来回来看《镜中》一诗，可能会清晰一些。一首好诗，本身即是一个传奇。据张枣自己说，此诗是诤友柏桦从自己乱糟糟的习作中挑出的。那些被人津津乐道的具体细节已经不重要，只是我们由此可知，张枣固然是诗人中的天才，但他很早就是一个有意识的写作练功者，从留下的《镜中》手稿可窥见，诗中的细节有过不少斟酌和修改，最后才尘埃落定。

这首诗中最有名的，是开头两句："只要想起一生中后悔的事/梅花便落了下来"。现代以来，梅花一直就是汉语中一个特别的意象。它从古典诗文中"君子"形象，成功地转换为革命者坚贞傲岸的形象，因此在革命家诗词和革命歌曲中"梅花"出现得很多。这可以引出现有文学研究中还没有引起足够的重视的问题：现代中国革命话语的发明，隐蔽地继承了古典文化中的许多元素；相反，一开始就自命推翻传统的新诗，却常常不解如何瓦解和利用这一强大的敌人，以致不少新诗人最后"勒马回缰作旧诗"（闻一多《废旧诗六年矣复理铅椠记以绝句》）。张枣可以说是当代诗人中最恰当地处理好这一矛盾的诗人。这句诗创造性地占有了汉语新诗对梅花的命名权，复活了"梅花落"这一汉语古诗传统中明媚而颓靡的形象。在"梅花落下"与"想起往事"

①　证据之一，是 2022 年发现了张枣写于 1981 年《镜中》同题诗。

220

之间形成的譬喻结构,续接了汉语古典诗歌婉转自由、优雅活泼的南方气质:"忆梅下西洲,折梅寄江北"(《西洲曲》)。在新诗主流或与政治话语纠缠不清,或开始沉迷于语言自身的散乱的八十年代初期,《镜中》克服了它们的负面影响,言之有物而不泥于言说本身,以婉转呢喃的湘音楚调,展示了汉语新诗硕果累累的秘密。

如果我们端详"想起后悔的事"和"梅花落了下来"之间的隐喻关系,就可以发现它的奇特之处,隐喻的重心落在"想起"和"落下"之间形成的关系上。古典诗的隐喻结构常常是先景后情,但此处以先情后景的结构,造成了奇异的效果,古典诗中也有过这种结构,比如杜甫"感时花溅泪,恨别鸟惊心"(《春望》)。接下来的诗句里,除"危险的事固然美丽"之外,每一行都写出了一个画面,每个画面都写得细腻饱满,非常有具体感,其中"一株松木梯子"这样的描写,尤为传神,它恢复了物本身的美感。我们知道,无论是古典诗,还是新诗,物往往被其寓意的意识形态包袱所累,因而丧失了本来的美感。比如,朦胧诗里的物象,大多被寓意所束缚。好的诗句,就是恢复物之为物的那个真身,是一种挣脱和发明。"游泳到河的另一岸"、"骑马归来"、"面颊温暖"、"羞愧"、"低下头"等画面的剪影式呈现和接踵而至,构成了一种叙事幻觉,显示了八十年代汉语诗歌中罕见的紧贴于事物的具体感和精确感。从"回答着皇帝"开始,诗歌明显地跃入虚构界,据说诗人当时为"皇帝"一词颇费琢磨,最终才定下。如果说前面的画面具有写实性,那么此处以"回答皇帝"这一虚构的动作,避免了连续写实可能导致的脆硬,堪称此诗中最卓越的经营之一。海子诗中曾有"苦恋的皇帝"这样的形象,显示了年青男性初恋的纠结状态,张枣此处的"皇帝",似亦可作如是观,只是张枣诗中的"皇帝"多了几分少年得志的意绪。张枣早期另一首诗里,曾出现"皇帝我紫色的朋友为我哭泣"(《星辰般的时刻》)这样的句子,相互参读,让这个形象具有某种身体的、情色的指向。

"镜中"是此诗之眼,也最具现代意味。许多人曾将它与现代诗歌对镜子的迷恋放在一起考察。的确,张枣许多诗中出现过这一意象,比如,"所有镜子碰见我们都齐声尖叫"(《蝴蝶》),"哦,一切都是镜子"(《卡夫卡致菲丽丝》)。他常以镜像带来的空间迷炫感,来暗喻主观时间的交错性和主体的迷失。从此诗第一句可知,年轻的诗人是在设定一个将来的回忆者。这个虚构的回忆者,是一个青春化回忆者。一个年轻人憧憬未来的自己沉迷于对往事的回忆中,而未来的往事,即现在的"皇帝"的精彩。而在他展开的回忆场景中,一个女子也摆出相似的姿态,在将来的虚境中回忆。这让作品形成了一个俄罗斯套娃似的结构。

许多读者都注意到了"南山"的特殊文化意蕴,的确,自陶渊明写了"悠然见南山"之后,"南山"就为诗歌独有。事实上,这个词巧妙地将此前由"梅花"铺开的情色质地减弱,或者说转移了。由于有这个意象,诗人虚构的未来的回忆者所自矜的"往事",便具有了另一重含义。前面分析过"想起一生中后悔的事"与"梅花落了下来"之间的隐喻关系,隐喻建立在"想起"和"落下来"之间，"后悔的事"没有对应的喻体，而到结尾处，这个缺口被补上了，因此多了一重隐喻关系："一生后悔的事"对应"南山"，这使得隐喻重心发生了偏移。诗人将古典诗中的崇高词汇镶嵌进情色修辞，来表达现代情色的难言之隐，这让此诗超越了主题的单一，具有了元诗意义：如何在新诗的沃土中培植祖先的花朵？如何将情色和爱欲磨洗，叩响词语的呢喃和叹息？正如诗人柏桦说过的那样，这首诗，是一声美妙的叹息。它带着阿多尼斯式的气息，给此前充满痛苦或暴力的新诗形象增添了难得的温暖和甜美。如今，诗人已逝，诗歌奇迹依旧。此诗建筑的古典与现代之间的桥梁在继续，它蕴含的妙谛也将在读者心中继续绽放。

天命与修辞

——读赵野《苍山下》

大理算是云南境内相对有文脉的地方；但说来惭愧，由于 19 岁就离家赴京求学，生长于斯的我，对大理的地方文史传统所知甚少。远走他乡后，才开始零星留意关于家乡的知识。读大学期间，在北京图书馆读到过一本刚整理出版的书，名为《大理古佚书钞》，该书辑录了几部明代大理文人留下的笔记稗史，颇多生动的野史掌故；后来也浏览过方国瑜、游国恩等现代学者的相关论著或编辑的史料。一个粗浅的印象是，在古典中国的政治和文明视野里，大理是山高路远的蛮夷之地，很少见内地文人长居于此。古代来过此地的内地文人都很有名：比如明代杨慎被发配云南，客死昆明，大理民间有许多关于他的传说；徐霞客来过大理，他的游记有不少有关大理的内容。直到抗日战争期间，才真正有大量作家、诗人、学者跟随西迁的大学来到这一带。

当代以来，中国大规模的工业化和城市化，让大理成了"远方"和"自然"。从中国乃至世界各地迁徙至苍山洱海之间的汉语诗人,虽看似承接古代汉语诗人的隐逸之风,但更像十九世纪英国的湖畔诗人或瓦尔登湖的美国作家梭罗。中国古人隐逸,或是生活的一种美学化,更可能是一种政治或功业策略;西方浪漫主义诗人栖居湖畔,则多是通过接近自然及其背后的神性,来表达对工业时代的憎恶和反思。中国古代诗文和绘画里,田园山水蕴含自然之道;欧美浪漫主义文学和绘画,帮助他们在工业革命的轰鸣与烟雾里,重新发现甚至发明了自然之美。承接中西传统的当代汉语诗,如何以新的修辞来发明出可以改善生存处境的词语镜像?寓居大理或其他任何地方,既不能抗拒或逃离现代科技主宰的世界,也难以摆脱借助现代科技而变得强大无比的各种意识形态。赵野的诗里引了西方现代哲人的话:"阿多诺说,没有任何抒情诗/可以面对这个物化的世界/阵阵好风吹过,我还是/感到了一种顽强的诗意。"这顽强的诗意具体是什么样的呢?

与赵野近年其他诗相像,《苍山下》这组诗里总是显现一个顽强的抒情主体:"日日面对群山,我的抱负已星散"(《日日》);"时代不断错过,我乘云而起/最后清点这大好山河"(《连夕》);"一片苍茫中,我立地成佛/将自身移入他人与万物"(《老虎》);"汉语要召回飘远的游子/做个暗夜持灯人"(《历史》);"文脉断裂了,灵魂如何安顿/我们是热爱意义的人"(《我以》);"我梦见幽暗的/荆棘里,有麒麟的足印"(《逆着》)。上述诗里"我"的发声姿态里,混杂着几种成分:现代知识分子的启蒙形象,浪漫主义诗里常见的"大我"的影子,有延续自八十年代诗歌的精英情调。

当代汉语诗里的抒情主体,大致有两种姿态。上世纪八十年代许多诗人开始的对语言内部世界的探索,让抒情主体的姿态深度隐喻化;九十年代许多诗人对诗歌叙事性的探索,增加了诗歌抒情主体形象的戏剧化特征和反讽气质。作为上世纪八十年代就开始写作的诗人,赵野近期诗里的抒情主体形象,似乎有意避开上述姿态,而采取了近乎直言式的抒情,这种姿态决定了他的诗歌主题及其展开的方式。比如,他执著于追问生命价值;希望诗歌能证悟真理,安顿灵魂;担忧"祖国飘摇如烛"……。在形式上,这组诗也有明显的特征:语调相对单一,隐喻密度不大,箴言式的诗句较多。诗人不注重一般的"寻章摘句",而是要"为崩溃的天下寻找词汇"(《碧海》)。因此诗人笃定地说:"如果位数已定,那些追问/和卜疑,只与山风押韵/修辞不足以完成一种天命/唯在断魂处思慕先贤。"(《那么》)诗里提出了"修辞"与"天命"之间的关系:"天命"显然指诗人的使命;以修辞完成"天命"的诗人,又必须时刻警惕修辞的牢笼。我觉得这是理解赵野诗歌的一个关键入口。问题是如何突破修辞的牢笼?诗人转而说:"唯在断魂处思慕先贤。"下面这首《想象》,可以说是诗人"思慕先贤"的具体展现:

想象一种传统,春日
天朗气清,我们几个

吟风，折柳，踏青草放歌

或者绕着溪水畅饮

我们会在冬天夜晚，依偎

红泥小火炉，看雪落下

此刻诗发生，只为知音而作

不染时代的喧嚣和机心

古典诗文里许多精彩场景，常常是生活摹仿的对象，赵野显然不是简单的复古主义者，百般"思慕"，首先是思慕先贤突破修辞牢笼的力量，也是基于对当下的忧惧甚至绝望："我们就是文明的灰烬/燕子空衔飞扬的六经"（《我们》）；"我们一代代，徒劳报废自己/天空空无一物，大地上/奔腾着粗鄙的现代性"（《独自》）；"君子已失栖身之所/苍山顶上空无一人"（《昨夜》）；"这个世界太多复杂的智识/其实不过文明的惩罚"（《我写》）；"长夜碾压了往圣足音/草木犹厌红色兵气"（《苍山》）；"这个世界还好吗，每天那么多/坏消息，羞辱明月清风"（《今日》）。对现代生活和汉语语境的忧惧，催生直言；因"空无"而生的万古愁，感发哀歌，这是诗人"天命"的两个面。但直言和哀歌的有效，恰恰需通过修辞来实现。诚如赵野在诗里所言："好诗要开出一片山河/在自己身上克服这个时代"（《我听》）。"山河"将在什么样的好诗中"开出"？什么样的诗能"克服这个时代"？诗人也在寻找与"天命"匹配的"修辞"。

在整组诗的结尾，诗人更多地借助了修辞的力量，或者说，他试图创设更有力的修辞："异乡人，必得在无明里/找回自己的精神记忆/因为仁引领我们上升/像爱转动太阳和群星。"在这里，诗歌摆脱了直言与哀歌，回到精细的修辞。所有现代人都是"无明"里异乡人，如何找回那种让我们如归故里的"精神记忆"？赵野的愿望很有深意，他提及"仁"和"爱"。歌德《浮士德》里引领我们"飞升"的"永恒女性"，被他置换为"仁"；末行则似取自但丁《神曲·天堂篇》结尾，但丁说，天堂是三卷由爱装订的大书，太阳、群星和宇宙以爱为动力在运转。诚然，在充满不确定，高度技术化的现代生活里，在恶劣的汉语语境下，如何重新发明改善世界肌理的仁爱，并让它们成为诗歌的内在动力，是一项心智伟业；但诗人能否确定，对修辞资源如此运用（在诗里，作者还标明了许多诗句的源头），或者说，诗人关于"天命"的修辞形态，可以"克服这个时代"？《苍山下》可贵地重申了这一命题，但并没有构成对这一诗学难题的有效回答。比如，以诗人笔下出现频率较高的"苍山"意象为例，苍山提供了一个自然的、永恒的，当然也是无常的参照，同时也是一个"边缘"的经验视点："我有屠龙术，长风万顷/在苍山之巅小天下。"但它依然没能被"恍惚就成了祖国的囚徒"的赵野们，通过写作点化成一个拥有深谋远虑的核心意象或主题，成为突破修辞牢笼的利刃。语言、历史和现实身上布满的细菌和病毒，催生了诗人的天真和理想，忧愁和绝望，赵野在诗中如是说："落叶纷飞，闪耀末世的光/赋予诗和美新的合法性。"而新的合法性，或"顽强的诗意"，只有在卓越的修辞中完成，才能产生实践性的力量。

祖母的"仙鹤拳"

——读张枣《祖母》

历史地解读一个作品,往往会过度凸现"文变"与"世情"之间的因果链。但介于张枣《祖母》一诗在诗艺呈现上的独特和复杂,在解读之前,有必要以此诗中的关键词"中心"为话头,大致梳理与此相关的中西诗歌线索。出于批评的警醒,这种梳理注重的,是文本与相关知识和前文本之间的微妙联系,而非一般意义上的文学社会学或文学史逻辑。如张枣此诗展示的:"仙鹤拳"如何自立"中心",拨响一切"不可见"的事物间的共鸣?我们也可以试图回答如下问题:一个优秀文本如何自立机枢,妙手回春般地总结、照亮周边文本,并以其激情展示一种世界观?

现代诗歌中充满着对"中心"(centre)的向往和消极化描绘。叶芝、里尔克、艾略特、史蒂文斯等西方现代诗人,都构造过各种名目的"中心"。在现代情景中,西方古典诗歌中颂歌或哀歌式的"神"的形象,作为抒情核心已经不复自然。西方诗歌由浪漫主义转入象征主义后,诗人开始重构取代此前可以直接说出的"神"的各种"中心",以写出另一种崇高性,为诗辩护。写诗也不再被认为是先知、灵感或神迹的产物,而成为人在尘世中追慕神性的劳动,丧失神启式"中心"的诗人,摇变为波德莱尔所说的词语炼金术士。因此法国诗人韩波说:"我写出了寂静无声,写出了黑夜,不可表达的我已经做出记录。对于眩晕惑乱我也给以固定。"[①]波德莱尔也说:"对美的研究是一场殊死的决斗。"[②]到艾略特、斯蒂文斯、弗罗斯特等诗人笔下,编织"关于尘世的伟大诗篇"已经成为诗人的主业。

　　20世纪初叶,随着与汉语古典诗共生的政教体系解体,汉语古诗的整套诗意修辞系统也随之丧失生殖力。换言之,此前"有效的象征方式已经解体,而象征在社会层面上的消失所带来的困扰却因此而加剧了"[③]。某种意义上,这可以视为汉语诗意"中心"的散失。汉语白话诗在"西学东渐"和"现代感"中应运而生,意味着置身新的经验世界的现代汉语诗人,必须重新锻造汉语诗意。1940年代,诗人穆旦在《玫瑰之歌》一诗中曾委婉而迫切地说出了这种愿望:

---

　　① 韩波:《彩画集》,王道乾译,上海文化出版社2001年版,第26页。

　　② 波德莱尔:《艺术家的"忏悔经"》,见《巴黎的忧郁》,亚丁译,生活·读书·新知三联书店2004年版,第19页。

　　③ 耿占春:《失去象征的世界——诗歌、经验与修辞》,北京大学出版社2008年版,第37页。

......

然而我有过许多的无法表现的情感，一颗充满熔岩
的心

期待深沉明晰的固定。一颗冬日的种子期待着新生①

从新的世界感出发，在中国古典诗和西方近现代诗的交汇中，现代汉语诗人借鉴西方近现代诗歌重写"中心"的各种抒情方法论，鉴古烁今，营造出各种新的汉语词具来"深沉明晰"地固定新的"中心"，构建了迥异于古典诗歌的世界：

我要采撷所有
春天的香气，
我要捕捉所有
飞过的流过的亮光；

给我一支长长的竹管吧，
我要从宇宙的湖沼
汲取一个最中心的波浪

——陈敬容《野火》

但汉语诗歌关于"中心"的宣言，要等到汉语新诗行进近百年之

---

① 穆旦：《穆旦诗文集》第1卷，人民文学出版社2006年版，第29页。

231

后,才出现在诗人张枣的《祖母》一诗中:

> ……她蓦地收功,
>
> 原型般凝定于一点,一个被发明的中心。

回首百年现代汉诗进程,这个"中心"的说出,意味着汉语新诗的丰富盎然,意味着诗人已经深刻而圆融地体悟到自身的"空缺"。

这里的"她",是张枣着力表现的"祖母"形象。"祖母"作为"中心"形象,在张枣笔下意味着什么? 写亲情伦理的文学作品数不胜数,但优秀的作品肯定有凌越表达的美的形式。伦理真实必须成功过渡到美学真实,前者才能脱离个体局限引起共鸣。如诗人里尔克在描述艺术家时所言:"只有当个人穿过所有的教育习俗并超越一切肤浅的感受,深入到他的最底部的音色当中时,他才能与艺术建立起一种亲密的内在关系:称为艺术家。"①那么,在张枣《祖母》一诗中,日常性与"最底部的音色"如何融为一体? 覆盖和融合伦理事实的力量何在? 象征中国乡土幸福感的"祖母",如何成为一个"被发明的中心"?

张枣 1997 年写此诗时,已去国 11 年。故土故人、逝水

---

① 里尔克:《现代抒情诗》,参见《永不枯竭的话题——里尔克艺术随笔》,史行果译,东方出版社 2002 年版,第 45 页。

流年、事物风华，都凝动于诗人的诗中，被"燕子似的元音贯穿"着①。张枣的"元音"，已经不止是音韵学意义上的元音，更指的是词语针对事物而发出的起始之调，是从词语言说事物的梦想中化约出的一个清脆命名——这正是现代汉语的诗意性梦想所在。凝定为中心的"祖母"形象，是张枣给"元音"的另一命名，它比"元音"更加因地制宜，也不再依靠"燕子"作比喻，而是自己说出自己，因此具有更活泼的魔力和逍遥的象征力。我们且进入诗中：

> 她的清晨，我在西边正憋着午夜。
> 她起床，叠好被子，去堤岸练仙鹤拳。
> 迷雾的翅膀激荡，河像一根傲骨
> 于冰封中收敛起一切不可见的仪典。
> "空"，她冲天一唤，"而不止是
> 肉身，贯满了这些姿势"；她蓦地收功，
> 原型般凝定在一点，一个被发明的中心。

刚刚开始第一行，玄思与日常就在词语雀跃中清晰合奏，增殖出高于二者的清晰悦耳。张枣此刻的忧郁，让人想起阮籍的名句"夜中不能寐，起坐弹鸣琴"。阮籍表达的，是官场和世事的

---

① 张枣长诗《云》第二节中的句子；见《春秋来信》，文化艺术出版社 1998 年版。

险恶，个体在宇宙中的枯寂与孤独，自身局限的无奈，合起来是一种慷慨悲壮。张枣"弹"的，是不寐之夜的词语之"琴"。在德国的夜晚，客居此地的诗人，在失眠和时差激起的孤独伤神中，思念祖母和她象征的"中心"。"憋"是一个张枣式的动词，张枣好几处诗句中都有这个词的妙用，比如"憋着绿意"。"在西边正憋着午夜"，除直白思念和孤独，也包含元诗语素。"清晨"与"午夜"在"憋"的两端对称：是因午夜失眠而想象故乡的清晨，还是因为想起故乡的清晨以致午夜失眠？是因痛苦而写，还是因写而痛苦？双向流动的语义逻辑，如一个共鸣器，表演个体情绪蜕变为诗的过程：全诗中，"祖母"从清晨至正午的活动，恰恰渗透和占有着诗人的"午夜"。"西边"一词，除了点明"非诗"的日常现实的枯燥之外，还暗示了诗人写作的非汉语处境。因此，"祖母的清晨"也是绵里藏针的诗歌宣言，它象征的，不只是诗意在日常生活中的升腾，更暗示了非汉语处境下诗人的汉语"相思"病。但这心病很快就被接下来的诗句缓减了："她起床，叠好被子，去堤岸练仙鹤拳"。"起""叠""去""练"四个动词，隔字押韵，生动洗练，显示出精确的喜剧性和崇高性。这里让人想起波德莱尔《太阳》一诗的第一节：

> 沿着古旧的城郊，一排排破房
> 拉下遮蔽秘密淫荡的百叶窗，
> 当酷烈的太阳反复地、不断地
> 轰击着屋顶、麦田、原野和城市，

我将独自把奇异的剑术锻炼，

在各个角落里寻觅韵的偶然，

绊在字眼上，就像绊着了石头，

有时会碰上诗句，梦想了许久。①

张枣笔下的"仙鹤拳"，某种意义可以理解为波德莱尔"奇异的剑术"。但波德莱尔写的是现代抒情诗人的美学奋斗者形象。"剑术"的寓意比较清晰，而"奇异"某种意义上可以理解为对"神奇"的革命：前者是人的创造，而后者则属于神迹。前者是西方现代艺术的共性，后者是西方古典艺术的共性。不同于现代"酷日"下的波德莱尔，张枣笔下的"祖母的仙鹤拳"包含着对汉语诗曾有的帝国式的强大美感的梦想。在一切皆流的世界里，如卢克莱修说的那样，"必须寻找新的词来适应事物的新奇"②。"仙鹤拳"是非汉语处境下的一种文化和语言记忆，是诗人在异文化天地中对"异"感的命名。张枣诗中常见的"燕子""凤凰""修竹""神麟""荷包"等，都有类似的性质。"仙鹤拳"让人想起留法艺术家熊秉明，鹤是他手下的著名物象，他还雕刻过故乡云南的水牛。西去的中国现代艺术家，在回顾故土时，有许多共同素材。"鹤"在他们笔下，就是一个可与西方艺术中的"天鹅"媲美的形象。张枣熟悉多种欧陆语言，经过巨大的西方语言"洗墨池"的

---

① 波德莱尔：《恶之花》，郭宏安译，漓江出版社 1995 年版，第 109 页。

② 卢克莱修：《物性论》序诗，方书春译，商务印书馆 1981 年版，第 5 页。

蘸染和浸润，他笔下的许多名词，甚至动词、形容词都出落得清辉四射，柔软空灵，同时，也"憋"着内敛而霸气、婉转而飞扬的纯粹。

波德莱尔以奇异的剑术在城郊各个角落寻觅偶然和诗句，张枣笔下的"祖母"，则要在"空"中如"鹤"一般"冲天一唳"——这正是诗人"空"境搏击的象征。"城郊的角落"与"堤岸"，"酷烈的太阳"与"天"之间，有隐喻性差异，前者有强烈的末世感和废墟感，而后者则在戏仿前现代的美感——这暗含现代汉诗重新发明自己"祖母"的愿望。这种差异，某种程度上显示了当代汉语诗歌的美学窘境：处于文明弱势的汉语诗歌里，交织着民族主义梦想和现代性表达。张枣不但想包含这种窘境，还不外于此境地解开它的牵绊。他对"空"有许多怪癖式的摹写。比如，长诗《空白练习曲》；比如他笔下常常出现的临"空"而"写"的艺术家形象；他对冯至《十四行诗集》中"向着无语晴空啼哭"中的"空"亦颇为欣赏。总之，张枣常将"空"抒写为现代汉语诗人的本质性处境，"仙鹤拳"正是诗对"空"的一种美丽言说。

超越肉身地建立起的这个原型般的"中心"，正因"空"而立。"空"字立起一个别样文心，揭开傲骨般的河收敛起的一切不可见的仪典，进而展示个体、词语与世界之间的原初性的对峙与和睦。这"仪典"是什么？"中心"如何"贯穿""空"的世界？这些疑问逐步展开、扩大，诗人也抛掷出更辽阔的空间感：

　　　　给那一切不可见的，注射一支共鸣剂，

以便地球上的窗户一齐敞开。

"注射"这个动作的发出者是谁？是祖母的仙鹤拳，是"我"，也是诗歌自身。憋着午夜的"我"，与"祖母"的"仙鹤拳"所凝定的"中心"呼应形成的想象力磁场，被诗人具体化为"共鸣剂"。中国古典式的物感"共鸣"与充满现代科学物感的"剂"组合，构成了一个高级而新鲜的诗学命名。在西方的古典诗学中，缪斯的神力在于催生一切事物之间的"共鸣"，诗人俄耳甫斯的力量也能使万物从枯燥无序中苏醒，并陶醉于新的秩序和共鸣中。诗人里尔克曾这样感伤地描绘这位西方诗人鼻祖之死："正因为你被撕开并撒到大自然中/我们现在才变成听者和一个夺回来的声音"①。在中国诗学中，"精骛八极、心游万仞"说的也是诗艺通约事物的力量。"知音"这一命名，恰好精确地描绘了两个心灵之间的共鸣："遥闻声而相思。"②张枣的"共鸣剂"，正是对"祖母"和她凝定的"中心"的现代召唤。在这句诗中，有两个"空缺"：一个是"一切不可见的"———一切不可见的是什么？另一个是"地球上的窗户一齐敞开"，与窗户相关的，是看见者，这看见者是谁？第一个"空缺"与上一节呼应，但它包含并超越了"仪典"，但诗人没表明其具体。第二个"空缺"包含并超越了"我"与"祖母"之间的阻隔。接下来出现一个隐蔽的"看见者"和一个

———————

① 里尔克：《里尔克诗选》，黄灿然译，河北教育出版社 2002 年版，第95页。

② 刘勰：《文心雕龙·知音》。

237

"不可见的"世界。

"看见者"如何看见那"不可见的"世界？在柏拉图的"理念"说中，一切眼见之物背后，都有一个理想的标准之物。诗歌作为语言的艺术，不仅要描摹眼见之物，更要指向眼见之物背后的理想之物。在西方现代诗中，常常体现对"不可见"世界的重申。比如，美国现代诗人史蒂文斯是这么来描写"看"的：

> Begin, ephebe, by perceiving the idea
> Of this invention, this invented world,
> This inconceivable idea of the sun.
>
> You must become an ignorant man again
> And see the sun again with an ignorant eye
> And see it clearly in the idea of it. [1]

史蒂文斯似乎在模仿苏格拉底与青年之间对话，重申了"无知"（ignorant）与"看见"之间的关系，从知识论的历史看，这可以回溯到苏格拉底的"无知"观，也让人想起庄子"忘知"的境界。破除机

---

[1] Wallace Stevens, *Notes toward a Supreme Fiction*, *Collected Poetry and Prose*, Penguin Books Canada ltd, 1996. P329.

译文：开始吧，青年，通过感觉/这个发明，这个被发明的世界的观念，/不可思议的太阳之观念。//你必须再次成为一个无知的人/用一道无知的眼光再次看见太阳/清晰地看见它在它的观念里。（引自史蒂文斯《最高虚构笔记》一诗，陈东飚译）

心后,"知"方能真纯。二十世纪西方的现象学哲学家也认为,要将所有的关于事物的"知"悬置起来,才可能面对事物本身。里尔克在《盲女》《盲人之歌》《观望者》《古阿波罗残像》等诗中,也通过无知/盲视的强调,对"看"展开魔幻式的描述。汉语文化中对"不可见"的事物,亦有"大美无言""微言大义""言外之意"等观念,它要求诗歌必须有某种超语言提示,指向"欲辩已忘言"中被"忘"的部分。散失"中心"后,现代汉语诗如何重申粹然之"看"?

张枣在此也写"看见"的梦想:看见一切"不可见"之物。但他呈现"看见者"和"一切不可见的",不是以西方颂诗或哀歌的方式实现,也不能像里尔克那样在"阴影中间拿起七弦琴"。他融会现代科学世界感和中国古典思维,来呈现这种隐秀:

> 以便我端坐不倦,眼睛凑近
> 显微镜,逼视一个细胞里的众说纷纭
> 和它的螺旋体,那里面,谁正在头戴矿灯,
> 一层层挖向莫名的尽头。星星,
> 太空的胎儿,汇聚在耳鸣中,以便
>
> 物,膨胀,排他,又被眼睛切分成
> 原子,夸克和无穷尽?
> 　　　　　　　　以便这一幕本身
> 也演变成一个细胞,一个地球似的细胞,
> 搏动在那冥冥浩邈者的显微镜下:一个

母性的，湿腻的，被分泌的"O"；以便

室内满是星期三。

眼睛，脱离幻境，掠过桌面的金鱼缸

和灯影下暴君模样的套层玩偶，嵌入

夜之阑珊。

看在这里被设计成两个层次，第一层是"我"的看。我看到了细胞中的众说纷纭，并看到一个更小的"谁"在"挖"向事物"莫名"的尽头——"谁"是诗歌接近事物本质的一个象征，也是对现代科学精密性的戏仿。因为这种细"看"，"看"者成为见微知著的齐物者；在第二层里，第一层中的科学之看和想象之看，都成了一个更加浩大的"看"者所看的对象。读者有疑问：这个"冥冥浩邈者"是谁？何以高高在上？在西方文学传统中，这一"浩大者"常常用"神""主"或"上帝"及其相关称谓来充当。在中国，从庄子以来，汉语文学中常常有这种"浩邈者"的形象。在郭璞、李白、李贺等的诗歌中，都曾有过类似的"看"的主体。比如李贺《梦天》："遥望齐州九点烟，一泓海水杯中泻。"还有张孝祥《念奴娇·过洞庭》："尽挹西江，细斟北斗，万象为宾客。"到中国现代左翼或民族主义抒情传统中，这个浩大的主体被改写为"红太阳"之类形象，"朦胧"诗人们花费了海量的笔墨来反抗这类主体。熟悉这些抒情传统的张枣，在塑造这样一个主体时，肯定精细地想过如何克服"影响的焦虑"。他发明了一个"看"的套叠结构，消除了"看"的主体单一性,展示现代诗人主体的流动性和相对性。但这不再是穆旦《诗八首》中营造的那种动摇溃散的主体,也不是现代主义艺术中常见的游移、焦灼的主体,而是借助科学名词加强感官精确性,进而发明的一个众"看"之中的汉语"中心":在层层之"看"叠成的"看"的共鸣器中,头戴矿灯的"谁"和"O",都与第一节中的"空"相呼应,最浩大的看者,看到的正是莫名之空。而空纳万物,"螺旋体"、湿腻的"O",如老子笔下的"玄牝",似乎是生命源泉的朴素象征,又充满现代认知式的精密,"O"也是一个"元音"。这源泉之满,让一场关于"看"的戏剧溢出了幻境,使得诗人的处境变得鲜艳起来。正是由"一个被发明的中心"引发的"看"的戏剧,让意识到存在本身的诗人感到了时日之满:"室内满是星期三"。在这种"满"的支撑下,"金鱼缸""灯影""暴君模样的套层玩偶"等日常事物,也呼应、增强、总结了幻境中的层层之"看"。

"夜之阑珊",即再次点出幻境产生的事理性缘由,也为下一节的视角转换作了铺垫:

> 夜里的中午,春风猝起。我祖母
> 走在回居民点的路上,篮子满是青菜和蛋。
> 四周,吊车鹤立。忍着嬉笑的小偷翻窗而入,
> 去偷她的桃木匣子;他闯祸,以便与我们
> 对称成三个点,协调在某个突破之中。
> 圆。

如果说整首诗写的是夜晚的幻境,那么第二节就是幻境中的幻景,第一节和第三节则是幻境中的实景。第三节呼应第一节,无论德国的"春风",还是中国的"春风",事理上都成立。若是德国夜晚的春风,正好与"眼睛嵌入夜之阑珊"衔接,若是中国的春风,则应是春寒料峭。按全诗逻辑,这春风带着诗人的孤独思念转换为美学激情之后含有的暖意。"篮子满是青菜和蛋"一句,既是对上一行焕发的春意的张扬,也显示了一种物态与诗意的混融,如张枣在另一首诗中说的:"一件件静物,对称着人之境。"①后一行中"鹤立"亦如此,呼应第一节的"仙鹤拳",另外,吊车与鹤的比喻,隐含着英语和汉语的熔接(Crane 兼有吊车和鹤之义)。② 至此,诗人笔下的"祖母"形象,成了一个诗艺的起源者、演绎者和承载者。值得细说的是诗末的"小偷",堪称妙笔。从此行开始,第三节开始进入戏剧性场面:小偷嬉笑着偷祖母的桃木匣子——诗人美好的童年记忆,闯入"我"对"祖母"的思念,形成一个高潮,一种"搅局"。正如柏拉图《会饮》中,宴会的高潮是由烂醉的不速之客阿尔喀比亚德闯入掀起的一样。③正是这种"闯入",让诗克服了线性的生命感的拘囿,成为经验、记忆和幻想的共鸣器,解化了它们之间的一切不和谐。以此形

---

① 张枣:《跟茨维塔耶娃的对话》,见《春秋来信》,文化艺术出版社 1998 年版,第 107 页。

② 彭英龙:《"亦东亦西":论张枣诗歌渊源的一种情形》,《江汉学术》2021年 02 期。

③ 刘小枫等译:《柏拉图的〈会饮〉》,华夏出版社 2003 年版,第 95 页。

成的"圆",是协调与突破的悖论的结果,以诗的圆满表达了对生活圆满的怀想。让生命困惑与艰难具有了特别的美感,正如俄耳甫斯永远在歌唱,欧律狄克总在死去。悲喜交加的世界,永远呼唤着诗意的心智与之形成更大和谐。

后　记

构成本书的文字，多有某种文本享乐主义的倾向。它们要么以作品为核心串联延展开，提出一些自以为要紧的问题；要么试图去接近诗歌的官能系统，倾听不同文本之间的共鸣。当然，许多"共鸣"或为作者的"幻觉"，正如书题（借自诗人宋琳的诗句）依稀显示的那样。

之所以如此，首先是个人趣味和学识所限，也是我过去这些年的工作状态导致。在一所理工高校教文科，教学中似乎更需要文本细读；另外，这些年来，常常被热心的朋友拽入中小学语文教育圈：间或给中小学生讲现代诗，有时与语文教师群体讨论现代诗教学。这类际遇和缘分，也激发我较多考虑诗歌文本层面的问题。小书里相当数量的篇目，实际上就从讲义蜕变而来；这尤其要感谢我的好朋友郭初阳，他当年主持的越读馆，曾为我幽居书斋产生的种种遐想提供了秘密实验田。教书常常会自我麻醉：以为自己读懂了，也以为把别人教会了——然而很可能是谁都没懂;好在,醉了总会醒来,下次再重新来过。

书里大部分篇章,按目录顺序,分别在《诗建设》《文学评论》《首都师范大学学报》《文艺争鸣》《扬子江评论》《诗镌》《新诗评论》《诗探索·作品卷》《新京报》《读诗》《扬子江诗刊》《星星诗刊·理论版》等刊物或报纸发表,有些内容也曾在一些文学公号上推发。感谢众多师友同道的指正、宽容和鼓励。编辑成书的过程中,难免对一些内容有少许修改,当然,文章不见得因此就更好。《友人曾来否?》《"魔王"与漂流瓶》这两篇,是从讲义整理出,一直犹豫要不要丢弃,最后还是决意敝帚自珍。《祖母的"仙鹤拳"》一文,是博士一年级期间写成,这是已故诗人张枣先生曾指点和鼓励过的一篇文字,也发端于他在中央民族大学的文学课堂。文章虽稚嫩,但稍作修改后收入书里,略表对故人往事的怀念。

感谢浙江工业大学人文学院对我教学和写作的支持。书里部分讲稿的录音整理,曾得到范建军、彭一家、邹丹等学生朋友慷慨相助;四位在读研究生廖钗勤、蒋沛洋、张岑、游嘉敏帮忙细心校读了书稿,并指出了不少错漏,在此一并感谢。最后,感谢诗人古冈先生的仗义相助和悉心指点,他专业的编辑工作,让小书增彩不少。

颜炼军

2024 年春于杭州

图书在版编目（CIP）数据

　　海豚说着我听不懂的语言：新诗文本释读/颜炼军著.
--上海：华东师范大学出版社，2024

　　ISBN 978-7-5760-4505-5

　　Ⅰ.①海… Ⅱ.①颜… Ⅲ.①新诗评论—中国
Ⅳ.①I207.25

　　中国国家版本馆 CIP 数据核字（2024）第 039318 号

华东师范大学出版社六点分社
企划人 倪为国

海豚说着我听不懂的语言：新诗文本释读

著　　者　颜炼军
责任编辑　朱妙津　古　冈
责任校对　卢　荻
封面设计　卢晓红

出版发行　华东师范大学出版社
社　　址　上海市中山北路 3663 号　邮编　200062
网　　址　www.ecnupress.com.cn
电　　话　021 - 60821666　行政传真　021 - 62572105
客服电话　021 - 62865537　门市（邮购）电话　021 - 62869887
地　　址　上海市中山北路 3663 号华东师范大学校内先锋路口
网　　店　http://hdsdcbs.tmall.com

印 刷 者　上海盛隆印务有限公司
开　　本　787×1092　1/32
插　　页　1
印　　张　8
版　　次　2024 年 10 月第 1 版
印　　次　2024 年 10 月第 1 次
书　　号　ISBN 978-7-5760-4505-5
定　　价　69.00 元

出 版 人　王　焰